자신이 가야 할 인생길과
찾아야 할 삶의 의미에 관한 인생 이야기

요즘 세월을 먹으면서 생기는 버릇이 하나 있다. 때때로 삶에 대해 공허함을 느끼는 버릇이 그것이다. 나 자신이 삶에 대한 비관주의자이거나 페시미스트(Pessimist)가 결코 아님에도 불구하고 항거할 수 없는 그 어떤 힘으로 인해 생기는 것 같다.

가끔 TV에서 '동물의 세계'를 본다. 무리의 우두머리로 군림하고 있는 숫사자는 어느 날 젊은 숫사자의 도전에 한바탕 겨룬다. 만약 이 싸움에서 지게 되면 무리에서 외톨이가 되고 급기야는 무리에서 쫓겨나기까지 한다. 쫓겨난 우두머리 사자의 모습을 보노라면 은퇴 후 등산이니, 취미생활을 한답시고 집에서 나오는 인간들의 모습과 괜히 오버랩 된다. 그래도 마지막 남은 조그만 자존심으로 쫓겨나는 우두머리 사자와의 비교는 도저히 아니라고 강변하고 싶지만, 사자의 무리와 인간의 조직과 비교해 보면 크게 다르다고 느껴지지 않는다.

쫓겨나면서 초점을 잃은 눈으로 한없이 먼 곳을 바라보고 있는 우두머리 사자의 모습에서 느껴지는 그런 공허함이 지금 나 자신이 때때로 버릇처럼 느끼는 공허함과 비슷한 것일까? 이렇게 글을 써 놓고 보니까 마치 나 자신이 쫓겨나는 우두머리 사자인 것처럼 느껴져서 실소(失笑)가 저절로 나온다.

그런데 왜 삶에 대해 때때로 공허함을 느끼고, 더구나 버릇화 되어가는 걸까? 우두머리 사자가 처하는 상황은 아닐진대 말이 다. 사람마다 이유가 다르겠지만 아마도 대다수는 세월을 먹으면서 자의적이거나 또는 타의적으로 직장에서 은퇴하게 되면서, 첫째는 그동안 직장에서의 동료와 직장과 연계된 사회의 각종 그룹 및 개인들과의 연결과 소통이 소원해지고 둘째는 정신적으로나 신체적으로 얼마든지 현직에 있을 때 못지않게 일하고 싶은데 현실은 현직에서 밀려날 수밖에 없는 상황 등 크고 작은 수많은 마음의 상처에서 생겨나는 것일 것이다. 그렇다면 나에게만 생기는 버릇이 아니고 나이 지천명(知天命)이 될 때쯤이면 누구에게나 생기게 되는 버릇이 아닐까 싶다.

그런데 이상한 것은 정말로 이상한 것은 버릇화 되어가는 그 공허함의 밑바닥에 우울함의 감정이 꿈틀거리고 있음을 느낄 때가 있고, 갈수록 그 빈도가 잦아짐을 느낀다. 어떤 때는 내가 우울증에 걸렸나 하는 두려움마저 드는 때가 있다. 이럴 때마다 나는 우울증은 아니라고 나 자신에게 강하게 부인하곤 한다. 하지만 우울증은 아니더라도 잠시나마 우울한 상태에 빠져드는 것은 분명하다. 나만이 겪는 느낌일까?

나는 공허함을 느낄 때마다 올라오는 우울함에서 빠져나오기 위해 나 자신에게 살아온 삶에 관한 질문과 또 앞으로 남아있는 삶에 관한 질문을 던지곤 한다. 질문하고 답을 하다 보면 나자신도 모르게 삶의 강한 기운이 생기고 동시에 공허함과 함께 꿈틀꿈틀 올라오는 우울함의 감정도 어느새 사라진다. 그래서이 책이 탄생하게 된 계기이기도 하다. 본문 내용 중 32개의 소제목은 공허함 속에서 나 자신에게 던진 삶의 질문들이고, 스스로 내린 답 중 일부이다.

나는 여러분들에게 때때로 자신이 살아온 삶에 관한 질문과또 앞으로 남아있는 삶에 관한 질문을 던져 보라고 권하고 싶다. 그 이유는 자신에게 삶에 대해 질문을 던지고 스스로 답을하다 보면 단순히 공허함이니, 우울증의 극복이니 하는 차원을넘어 자신이 가야 할 삶의 방향과 인생길에 대한 부분도 많이 정리되기 때문이다. 그 삶의 방향과 길에는 내 삶의 목표, 자존감, 건강, 행복 특히 '소확행'[1] 등도 포함되어 있다. 자신의 삶에 관한 질문은 빠르면 빠를수록 좋다. 60대에서 하는 것보다 50대에하는 것이 좋고 50대보다 40대에 하는 것이 훨씬 좋다.

---

1 소소하지만 확실한 행복.

개인적으로 필자는 올해 결혼 40주년이 되는 해다. 40년을 같이 살아오면서 삶의 온갖 어려움과 고민을 내색 없이 이겨내 주고, 나와 가족을 위해 자신의 삶도 아낌없이 내어준 아내에게 무한한 고마움을 전하고 싶다.

2023년 6월의 끝자락에서
저자 이옥규

제2장 마음속의 삶에 관한 질문

제 1 장

. . .

일상 속의 삶에 관한 질문

1부 · 삼식이의 삶

자신이 방점을 두고 싶은 삶의 의미는 사람마다 다 다를 것이다. 그런데 살아가면서 자신이 살아가는 의미를 한 번쯤 생각하면서 사는 것과 생각 없이 사는 것과는 삶의 종착점에서 많은 차이가 있을 것이다.

나는 간간이 나 자신에게 '나는 어떤 사람인가?'라는 화두를 던지면서 가식과 위선과 거짓으로 꾸며진 '나'인지를 묻는다. 그래서 인생은 무대 뒤를 봐야 한다는 말이 더욱 각별하게 느껴진다. 자신의 인생 무대 뒤를 볼 줄 아는 사람은 인생의 참맛을 느낄 수 있는 기회를 잡을 수 있다.

만약 내일 죽음을 앞에 두고 나의 삶 중에 가장 후회스러운 일이 뭘까? 하고 생각해 보면 '나 자신의 내가 아니고 남이 생각하는 나를 마치 나인 것처럼 혼돈하면서 살아온 세월'이라고 말하고 싶다.

삼식이의 삶과 공자의 예견?

어느 순간 여느 때처럼 바쁘게 일어나 허겁지겁 출근 준비를 하고 집을 나서는 일상과는 달리 느지막하게 일어나 얼굴을 채 씻지도 않은 채 아점[1]을 먹고 습관적으로 책상에 앉았다. 뭔가 이상한 느낌이다. 머리가 텅 비고 멍한 기분이다. 이 시간 때쯤 이면 사무실에서 회의도 하고, 서류도 보고, 새로운 일에 대해 기획도 하면서 정신없이 머리를 굴려야 할 시간인데 사무실의 책상이 아닌 집의 책상에 앉아 책 몇 권 꽂혀있는 책장을 멍하니 바라보고 있는 현 상황에 적응이 잘 되질 않는다. 당연히 적응이 잘 될 리가 없다. 이런 상황이 연속적으로 한 달여가 지나간다. 점차 깨닫기 시작한다. 아! 이게 비로소 삼식이(집에서 하루 세 끼 먹는 남자)라고 하는 거구나…

아내는 내색하지 않고 말없이 하루 세끼 밥을 차려준다. 한 달

1 　아침 겸 점심의 줄임말.

여 동안은 그것이 당연하다고 생각했다. 그런데 시간이 지날수록 주변의 상황들이 뭔가 이상하게 느껴졌다. 우선 주변에 늘 있던 사람들이 없다. 치열한 삶의 환경에서 매일 부대낀 사람들의 모습이 없다. 마음이 횅하다.

아내의 일상에도 힘든 변화의 모습이 역력하다. 그동안 나만이 열심히 일한 것이 아니었다. 아내도 일상에서의 일이 분명히 있었다. 그런데 나 때문에 그 일상의 패턴이 여지없이 깨어지는 모습이 눈에 띄게 나타난다. 나만 힘든 것이 아니고 아내도 힘든 상황을 겪고 있었다.

그런데 어떻게 해 볼 도리가 없다. 이렇게 나 자신이 무기력하게 느껴지기는 처음이다. 그동안은 뭐든지 하면 안 될 것이 없다는 생각만 했었다. 행여 일이 잘 풀리지 않으면 나의 의지가 약해서 그렇다고 생각했다. 그런데 의지를 갖고 할 수 있는 일들이 없게 된 것이다. 지금의 상황은 그냥 무기력 그 자체다. 비로소 한 번 더 깨닫는다. 아! 이제는 지금까지 해 왔던 일을 할 수가 없게 되었구나. 이게 퇴직(退職)이라고 하는 거구나…

이렇게 삼식이가 되고 30여 년 동안 삶의 모든 에너지를 다 쏟아부은 곳을 떠난 퇴직자(退職者)가 되었다는 사실을 깨닫는 순간 이제 뭘 하지? 가족들의 안녕(安寧)을 지금까지 해 온 것처럼 변함없이 지켜낼 수 있을까? 새로운 환경에 어떻게 대처하고 새로운 직장을 얻을 수 있을까? 하는 등등에 대한 걱정과 두려움이 나를 엄습하기 시작한다. 그리고 다시 한 번 뼈저리게 깨닫는다. 아! 이제 흔히 이야기하는 제2의 인생에 직면하였구나.

공자는 삼식이의 삶을 예견했다?

공자는 논어 위정편(爲政篇)에서 '오십이지천명(五十而知天命)'이라고 했다. 즉 '나이 50에 하늘의 뜻을 깨달아 알게 되었다'라는 뜻이다. 지금으로부터 2,400여 년 전에 공자는 나이 50을 '지천명(知天命)'이라 한 것이다. 공자는 73세까지 사셨지만, 당시 대부분의 사람들은 50년을 채 살지 못했기 때문에 아마도 '지천명'이라는 말이 무슨 말인지 그 의미를 이해하기 힘들었을 것이다. 어쩌면 공자의 생애인 BC551~479년대에는 삶의 형태가 그렇게 복잡하지 않아서 나이와는 상관없이 삶 속에서 자신이 처한 상황을 두고 '이것은 하늘의 뜻이구나!' 고 생각할 수 있을 만큼 인생의 경험을 얻을 수 있는 사회구조가 아니었을 것이다.

그러고 보면 "오십이지천명(五十而知天命)"은 오히려 사람의 수명이 획기적으로 늘어나고, 어쩔 수 없이 삼식이가 되는 등 풍진(風塵)의 삶들이 늘려있는 현대 사회에 맞는 말일 수 있다. 2,400여 년 후에나 맞는 이런 말을 한 공자의 사유(思惟) 능력에 고개가 절로 숙어진다. 그때에도 공자는 삼식이를 알았는데 공자보다 몇 배 더 다양한 지식을 가진 우린 언젠가는 삼식이가 된다는 사실을 아직도 깨닫지 못하고 사는 것 같아 안쓰럽기만 하다.

삼식이는 자연의 이치(理致)와도 같다

양지바른 곳에서 햇볕을 쬐다 보면 일출에서부터 정오까지의 햇볕과 정오를 지나면서부터의 햇볕은 완전히 다르다는 걸 알 수 있다. 우리는 똑같은 태양임에도 불구하고 일출의 해를 찬란(燦爛)하다고 표현하고, 일몰의 해를 아름답다고 표현한다. 인터넷 국어사전에 의하면 찬란(燦爛)의 뜻은 "다채롭고 번쩍여서 눈부시고 아름답다"이다. 표현대로 오전의 해는 힘이 있고 강하다. 그래서 오전의 햇볕은 자신뿐만이 아니라 그 볕을 쬐는 모든 사람들에게 힘의 영향을 미친다. 반면에 최고도를 지난 오후의 해는 강한 힘보다 감성적인 따스함이 느껴진다. 그래서 아름다운 해로 느껴지는 것이다.

신기하게도 이 시대를 사는 우리 삶의 모습은 태양이 지나가는 궤적과 너무나 닮아있다. 삶의 모습을 태양의 궤적에 비유한다면 40대는 태양의 고도가 가장 높았을 때이고 50대는 태양의 고도가 최고도를 지나 석양(夕陽)의 길로 접어들게 되는 때라는 생각이 든다. 이처럼 자연의 이치에 따라 사람의 삶도 50대 이후는 자연스럽게 삼식이가 될 수밖에 없다.

이런 삶의 이치를 가장 잘 표현한 글이 공자가 논어 위정편(爲政篇)에서 말한 '삼십이립(三十而立), 사십이불혹(四十而不惑), 오십이지천명(五十而知天命), 육십이이순(六十而耳順), 칠십이종심소욕불유구(七十而從心所慾不踰矩)'가 아닐까 싶다. 즉 '삼십이립(三十而立), 사십이불혹(四十而不惑)'은 태양의 고도가 점점 높아지고 햇볕이 점차 강해지는 오전의 해와 같은 모습이고 '오십이지천명(五十而知天命), 육십이이순(六十而耳順), 칠십이종심소욕불유구(七十而從心所慾不踰矩)'는 햇볕의 강도가 점차 약해지는 오후의 해에 해당하는 모습이다. 당시 공자가 태양의 궤적에 따라 달라지는 기온의 차이를 느끼면서 이 글을 생각해낸 것일까?

이왕이면 현명한 삼식이가 되자

사람의 평균수명이 100세 시대를 이야기하고 있는 현대 사회에서 우리들의 삶의 과정은 태양의 궤적과 다름이 아님을 굳이 말하지 않더라도 사회 곳곳에서 느낄 수 있다. 지구상의 태양의 궤적을 그 누구도 바꿀 수 없듯이 인간 삶의 주기도 바꿀 수 있는 사람은 아무도 없다. 사람은 개인에 따라 다소 차이는 있을 수 있지만 어쩔 수 없이 그 삶의 주기를 타고 강한 힘을 발휘할 수 있는 젊음을 거쳐 힘을 서서히 잃으면서 아름다워져 가는 과정을 겪으며 늙어 갈 수밖에 없는 동물 그 자체이고 이것은 사람에게만 해당하는 것이 아니라 세상 만물이면 거역(拒逆)할 수 없는 자연의 섭리인 것이다.

실제로 현대를 살아가는 사람 대부분은 50대에 삶의 많은 변화를 맞게 된다. 그중에 가장 큰 변화는 젊을 때 가졌던 자신의 꿈, 희망 그리고 결혼 후 가정과 가족의 삶 등이 같이 엉켜있는 주(主) 직장으로부터의 퇴직(退職)이 아닐까 싶다. 퇴직에는 여러 가지 상황이 있을 수 있다.

첫째는 법적 정년까지 일하다가 나오는 경우이다. 현재 법정 근로 연령은 60세 이상으로 되어 있으나 일반 기업의 경우는 60세까지 근무하기가 쉽지 않은 것이 현실이다. 물론 임원이 되어 60세보다 더 오래 일을 하게 되는 경우도 있지만 그건 극소수에 해당하는 상황이다.

둘째는 본인의 의지(意志)와는 무관하게 직장에서 발생하는 이런저런 상황에 의해 아쉽게도 60세가 되기 훨씬 이전에 퇴직을 당하게 되는 경우로 종종 주변에서 볼 수 있는 안타까운 상황이다. 그렇지만 이런 경우는 삶의 변화를 일찍 맞기는 하나 대부분 새로운 일터를 이른 시일 내에 다시 찾게 되고 첫째에 해당하는 사람들과 같은 상황에 다시 놓이게 된다.

셋째는 비록 정년에 다다르진 않았지만, 자신의 새로운 꿈과 가치관을 찾기 위해 스스로 그만두는 경우이다. 여기에 해당하는 사람들은 주어진 환경 속에 자신의 삶을 맡기겠다는 것이 아니고 자신의 의지대로, 즉 자신의 성격에 맞는 삶을 스스로 만들어 가겠다는 사람들이다. 필연적으로 처한 삶의 환경을 거부하고 자신이 원하는 삶의 무대를 만들어 보겠다는 것으로 어떻게 보면 50대에 삶의 많은 변화를 겪는 범주에는 해당하지 않는 사람들이라고 할 수 있다.

첫째, 둘째, 셋째의 차이는 '인생의 전환점'에 대한 관념(觀念)의 차이에서 생긴다고 할 수 있다. 즉 첫 번째와 두 번째 부류의 사람들은 삶의 전환점이 필연적으로 일어나는 때를 기다리고 있다가 상황이 닥치면 그때 준비하면 된다고 생각하고, 세 번째 부류의 사람들은 삶의 전환 시기가 다가오기 전에 스스로 자신이 원하는 삶을 적극적으로 찾아 나서야 한다고 생각하는 사람들이라고 할 수 있다. 어쨌든 모두 삼식이가 될 텐데 100세 시대를 준비하는 현명한 삼식이의 선택은 무얼까?

오십이지천명(五十而知天命), 하늘의 뜻을 깨달아 알게 된다

아마 삶의 변화를 많이 맞이하는 50대의 사람들이 머릿속에 가장 많이 떠올리는 글이 아닌가 싶다. 그만큼 젊음의 꿈과 세월이 지나면서 얻은 가족을 위한 희망이 고스란히 묻혀 있는 직장에서의 퇴직은 마음의 공허감이 크고 혼란스러울 뿐만 아니라 생각대로 다 이루지 못한 진한 아쉬움이 마음속에 많이 남게 되고, 천 리 낭떠러지로 떨어지는 절망감마저 들게 되면서 자신도 모르게 지나온 자신의 삶의 뒤안길을 자연스럽게 회상하게 된다.

큰길, 작은 길, 굴곡의 길, 영광의 길, 후회와 좌절감이 가득했던 길 등 여러 갈래의 길들이 주마등처럼 지나갈 것이다. 그렇게 자신의 꿈을 안고, 가족과 함께 희망을 품고 걸었던 수많은 길을 회상하면, 손에 잡힐 듯 왔다가 사라지는 그 길들이 자신의 의

지와는 전혀 무관하게 만들어지고 사라져 간 것이었다고 느끼게 된다. '지천명(知天命)'을 깨닫게 되는 시간이고, '제2의 삶'의 시작임을 인식하게 된다.

'제2의 삶'을 맞이하게 되는 사람 대부분은 여전히 가족의 부양(扶養)에 대한 문제가 끝나지 않은 상태이고 또 건강한 정신적, 체력적 상태를 갖고 있기 때문에 어떻게든 새로운 직장을 구(求)하려고 고민도 하고 노력을 많이 하게 된다. 하지만 현실적으로 자신이 원하는 직장, 자신의 전문 분야에 해당하는 직장을 얻기가 만만치 않다. 다행히 얻는다고 하더라도 지금까지 자신이 일해왔던 상황과는 완전히 다른 위치에 놓이게 된다.

우선 직장 내에서 자신이 주(主)가 아니게 된다. '제1의 삶' 속에서는 자신이 주(主)가 되는 시간들이 많았다. 위치에 따라 책임과 권한도 주어졌고 자존감을 가질 기회들이 있었다. 그러나 '제2의 삶'에서 얻는 직장에서는 그런 상황들은 주어지지 않는다. 대부분 조력자(助力者)의 위치에 있게 되는 것이다. 이것은 직장에서 창의적인 업무를 생산해 내는 일이 아니라 주로 '제1의 삶'을 보낸 직장과 소통하고, 관련하여 축적된 경험을 전달하는 단순한 역할이라 할 수 있다.

다음은 직장 생활이 안정적이지 못하다는 것이다. 대체로 3~4년 근무이고 그것도 언제든지 그만두게 되는 상황에 놓여 있다는 것이다. 결국은 3~4년 후 또 다른 직장을 찾거나, 아니면 손에서 일을 완전히 놓게 되는 은퇴자(隱退者)가 되는 것이다.

이 기간에 사람들은 자신이 더욱 성숙해지는 경험들을 많이 하게 된다. 석양(夕陽)으로 향해 가는 삶이기에 겪는 경험들 하나하나가 마음을 아프게 하는 것들이다. 특히 경제 활동을 해야 하는 삶이라면 더욱 그렇다. 그동안의 삶은 자신의 이름에 가치와 자부심을 더하는 삶이었다면 석양(夕陽)으로 가는 삶은 쌓아온 것들을 하나씩 하나씩 버려야 하는 삶이 될 가능성이 크다.

그 이유는 많다. 그동안의 삶에서는 자기 주도적인 일들이 많았고 일들에 의한 성취감이 있었다면 이제부터는 단편적으로 주어지는 일만 하게 되고 자신의 역할은 나타나지 않게 된다. 또한, 일 자체도 생산적이거나 창의적인 것이 아니고 이전에 일한 사람들과의 관계 속에서 이루어지는 일들이 많다. 자연히 관계되는 사람들의 의도에 맞춰가야 하는 상황들이 전개될 수밖에 없는 일을 하게 되는 것이다. 마음의 상처를 받고 자존감이 무너지는 이런저런 일들이 많이 벌어질 수밖에 없다는 것이다.

어떻게 보면 이것이 남의 일이면 당연한 것이 아니냐고 오히려 반문할 정도로 필연적으로 닥쳐오는 삶의 모습일 수 있다. 그러나 자신에게 직접 닥치게 되면 많이 다르게 느껴지고 그 차이는 '제2의 삶'을 시작하면서 자신을 얼마만큼 내려놓았는지에 달려있다.

어쨌든 자신이 그동안 쌓아 놓았던 가치와 자존감이 하나씩 떨어져 나갈 때마다 삶에 대한 번민이 많이 드는 것은 분명하다. '제1의 삶' 때에는 자신을 발전시켜 나가는 하나의 과정이라 생각되어 자신을 다잡는 계기도 되지만 '제2의 삶'에서는 다시 찾아올 수도, 찾아올 것도 없이 그냥 잃어버리는 상황이라 마음이 아파지고 그래서 때로는 밤잠을 못 자고 뒤척일 정도로 번민이 많아지고, 깊어진다. 수많은 번민과 함께 보낸 '제2의 삶'에서 가끔은 공자가 말한 '오십이지천명(五十而知天命)'을 떠올리면서 자신을 위안(慰安)도 해 보곤 했지만, 무엇보다도 자신에게 던진 질문 반 꾸짖음 반은 '너! 지금 어떤 삶을 바라고 있나?'라는 것이었다. 이 질문 속에 현명한 삼식이가 되는 길이 있다고 생각한다. 모두가 현명한 삼식이가 되길 바라본다.

03

'산다는 것'의 의미는 무얼까?

어느 날 갑자기 가수 나훈아의 노래 「공」이 마음속 깊이 들어왔다. 한두 번 들은 노래가 아니었는데 오늘따라 마음에 진하게 와 닿는다.

> 살다 보면 알게 돼, 일러주지 않아도
> 너나 나나 모두 다, 어리석다는 것을
> ~ 중략 ~
> 살다 보면 알게 돼, 버린다는 의미를
> 내가 가진 것들이, 모두 부질없다는 것을…

노래를 들으면서 갑자기 내 마음이 나에게 묻는다. 산다는 것의 의미가 무엇이냐고…

내 마음 : 산다는 것의 의미가 무엇일까?

나 : 글쎄! 그동안 열심히 살아왔으니까 그것 자체가 의미 있는 것이 아닐까?

내 마음 : 무엇 때문에 열심히 살아온 거야? 먹고 살기 위해서? 아
      니면 사회적 지위나 부(富)를 얻기 위해서? 그것도 아니
      면 둘 다?

나 : 잠시 생각이 머뭇거려진다. 그 사이에 노랫말이 생각 속으로
      비집고 들어와 잔잔한 여운을 남긴다. 살다 보면 알게 돼, 우리
      모두 어리석고 얼마나 바보처럼 사는지, 살다 보면 알게 돼, 버
      린다는 의미와 내가 가진 모든 것들이 부질없다는 것을…

산다는 것이 정말 어리석고 바보스러운 것인가? 수많은 어려
움을 온몸으로 맞서면서 비록 많지는 않지만 쌓아온 것들과 그
무엇과도 바꿀 수 없는 소중한 가족, 이런 것들이 정말 부질없는
것인가? 그리고 버린다는 의미는 그동안 힘들게 살아왔고 또 힘
들게 살아가야 하는 가족들을 보고 있는 우리에게 진정 무엇을
의미하는 것일까? 생각이 복잡해진다. 살아가면서 알게 된다고
하는데 정말 알 수 있게 될까 하는 의문과 걱정이 앞선다.

우선 열심히 사는 것 자체가 삶의 의미가 있다는 내 생각에
대해 나의 마음이 그럼 무엇 때문에 열심히 살아온 거야? 먹고
살기 위해서? 아니면 사회적 지위, 부(富)를 얻기 위해서? 그것도
아니면 둘 다? 라는 물음을 곰곰이 되새겨 본다.

불교에서는 인간을 '오욕칠정(五慾七情)의 동물'이라고 한다. 오

욕은 재물욕, 명예욕, 식(食)욕, 수면욕, 색(色)욕이다. 이 중에서 재물욕과 명예욕은 부모로부터 물려받는 DNA 속에 들어있는 욕망의 부분이고 식(食)욕, 수면욕, 색(色)욕은 인간의 생존과 연결되는 원초적 본능에 해당하는 것이라고 구분하고 싶다. 물론 DNA 자체도 본능의 한 부분이라고 할 수 있는 여지는 있지만 어쨌든 앞의 두 욕망은 인간(직립보행)이 수십만 년 살아오면서 자신을 중심으로 더욱 안전하고 좋은 생활을 영위하려는 방법들을 찾으려고 노력하는 과정에서 형성된 진화적 DNA의 욕망이고, 뒤의 세 욕망은 인간이 이 지구상에 탄생하면서부터 가진 살아남기 위한 처절한 동물적 생존의 본능으로 구분될 수 있다고 본다.

그렇다면 산다는 것의 의미는 인간의 원초적 본능인 식(食)욕, 수면욕, 색(色)욕 등에서 찾는 것은 무의미하고 재물욕, 명예욕 등에서 찾는 것이 맞겠다는 생각이 든다. 내 마음이 나에게 '무엇 때문에 열심히 살아온 거야? 먹고 살기 위해서? 아니면 사회적 지위, 부(富)를 얻기 위해서? 그것도 아니면 둘 다?'라는 물음에는 먹고 살기 위해서보다는 사회적 지위, 부(富)를 얻기 위해 열심히 살아왔다고 답하는 것이 맞겠다 싶다. 그리고 산다는 것은 삶의 과정이라는 시간성과 동태성(動態性)을 내포하고 있어서 지금까지 살아온 과정과 또 앞으로 살아가야 할 과정에서 그 의미를 찾는 것이 '산다는 것의 진정한 의미'를 찾을 수 있을 것 같다.

그런데 살아온 과정, 살아가야 할 과정이라는 생각이 들자 갑자기 '공수래공수거(空手來空手去)' 즉 빈손으로 왔다가 빈손으로 간다는 말이 떠올랐다. 공수래공수거의 인생에서 산다는 것의 의미를 찾을 필요가 있나? 찾으려고 노력하는 것 자체가 시간 낭비이고 괜한 헛일이 아닐까 하는 의구심이 든다. 정말 우리의 삶이 빈손으로 왔다가 빈손으로 가는 덧없는 것이라면 나름대로 한세상 열심히 후회 없이 살다가 흔적 없이 사라져 가면 되는 것이지 바쁜 세상에 쓸데없이 '산다는 것의 의미' 따위를 고민할 필요가 뭐 있나? 싶다.

공수래공수거(空手來空手去)에서
삶의 의미를 찾을 수 있을까?

'공수래공수거(空手來空手去)'란 말이 왜 나왔을까? 삶에 대한 심오한 경험을 한 사람에게서 나온 금과옥조(金科玉條)와 같은 말일까? 그래서 우리는 이 말을 마음속에 늘 담아두면서 살아야 하는 걸까?

인터넷 '나무위키'에 따르면 '일반 시중에서 나온 말'로서 대략 내용은 이렇다. 옛날 어느 유명한 부자가 죽었다는 부고가 나서, 그의 친지들이 문상을 왔다. 그런데 그의 관 모양이 조금 이상했다. 관 크기가 조금 작고, 관의 양쪽에는 구멍이 뚫려서 시신의 손이 관 밖으로 삐죽 나와 있었다. 이에 문상하러 온 사람들이

상주에게 그 연유를 물으니, 상주는 이렇게 대답했다. "아버님께서 돌아가시기 전, 이렇게 많은 재산을 모아서 부자로 살았지만 갈 때는 빈손으로 간다는 것을 보여주시려고 관을 이렇게 짜라고 유언하셨습니다."라고 전한다.

물질 만능시대에 사는 현대인들이 정말 새겨들어야 할 명언이라고 생각한다. 당시의 고인이 누구인지 후대에 알려져 내려오지는 않았지만, 그의 정신적 가치는 역사에 길이 남을 성인의 반열에 들 수 있는 사람이라고 생각한다. 그런데 아쉬운 것은 여기에는 고인의 삶의 과정에 대한 모습이 빠져있다. 갈 때 빈손으로 간다는 것을 보여주겠다는 생각을 한 배경에는 고인이 살아가면서 겪은 수많은 삶의 우여곡절과 회한(悔恨)이 분명 담겨 있었을 것이다.

우리의 인생을 '빈손으로 왔다가 빈손으로 간다.' 즉 빈손으로 태어나고 빈손으로 죽는 모습만 단순히 생각한다면 수십 년 동안 우여곡절과 회한(悔恨) 속에서 살면서 겪은 소중한 삶의 경험과 가치는 뭐란 말인가. 그리고 지금 우리가 누리고 있는 각종 정신적 물질적 자산들은 대체 어떻게 만들어져 왔는지, 또 부모 세대들로부터 물려받은 DNA는 어떻게 설명할 수 있단 말인가. 우리의 선대(先代)들이 태어남과 죽음의 중간에 있는 삶의 과정을 생략하고 오직 '공수래공수거(空手來空手去)'의 생각으로 살았다면 지금 우리의 DNA는 어떤 상태일지 여러 생각들이 고구마 줄

기처럼 딸려 나온다. 그래서 '공수래공수거'는 우리의 삶과 비교 설명이 잘되지 않는다. 틀렸다는 말이 아니다. '살아가면서 쓸데 없는 욕심을 부리지 마라'는 삶의 교훈(敎訓) 정도로 인식하면 족 (足)하지 않을까 싶고 우리 삶의 전체를 두고 적용할 말은 아니라 는 생각이 든다.

삶의 3단계 과정과 공수래공수거(空手來空手去)

인간의 삶의 과정은 태어남, 일정 기간 사회생활의 영위, 그리 고 죽음. 이렇게 예외 없이 누구나 겪어야 하는 3단계 과정이 있 다. 이와 같은 삶의 3단계 과정을 유심히 살펴보면 첫 단계인 태 어나는 과정과 마지막 단계인 죽는 과정은 인생은 빈손으로 왔 다가 빈손으로 간다는 말과 같은 모습이다. 그리고 삶의 전 과정 에 비하면 너무나 짧은 시간이다. 그리고 이것은 모든 사람이 비 슷한 모습이다.

그래서 사람들의 삶의 모습은 두 번째 단계에서 겪게 되는 과 정에서 대부분 나타난다. 두 번째 단계의 삶의 기간은 현대사회 에서 길게는 100여 년이고 삶의 모습도 천차만별이다. 똑같은 모습의 삶을 살아가는 사람도 없다. 사람마다 삶의 모습이 다른 이유는 삶이란 생각하고, 결심하고, 행동하는 과정의 연속이고 그 결과들이 쌓여 자신의 삶의 모습으로 나타나게 되는데 사람 마다 이 과정이 다 다르기 때문이다.

또한, 생각하고, 결심하고, 행동하는 삶은 운수(運數)와 명수(命

數)가 서로 얽혀 작동된다. 인터넷상의 자료와 사전의 뜻을 종합해보면 운수는 태어난 날을 기준으로 하여 육십갑자의 순환에 따라 해마다 다가오는 것이고, 명수는 사주팔자에 나오는 것처럼 태어난 순간의 년·월·일·시에 따라 결정된다. 즉, 운수는 자신이 하기에 따라 자신의 모습이 만들어질 수 있는 동적인 상황이고 만들어지는 과정에서 나타나는 결과적 감정이 '희로애락(喜怒哀樂)'이다. 명수는 자신이 만들 수 없고 변경되지도 않는 상황들이 자신을 기다리고 있는 것으로 여기에 해당하는 것들은 주로 '생로병사(生老病死)'에 관련된 것일 것이다. 이렇게 '희로애락(喜怒哀樂)과 생로병사(生老病死)'가 점철된 우리의 삶을 단순히 '공수래공수거'로 퉁 칠 수 있을까?

다시 앞으로 돌아와서, 가수 나훈아의 노래「공」을 들으면서 나의 마음이 나에게 '산다는 것의 의미'가 무엇이냐고 물은 것은 우리의 삶의 목적이 단순히 사회적 지위, 부(富) 등을 얻기 위해서라고 하더라도 이것에는 운수와 명수, 희로애락(喜怒哀樂)과 생로병사(生老病死)가 연결되어 있어서 한마디로 답할 수 없는 뭔가가 있는 것 때문이 아닌가 싶다.

이렇게 복잡한 삶의 구조 속에서 산다는 것의 의미를 찾는다는 것은 현재 진행 중인 삶 속에서는 분명 어려운 일일 것이다. 왜냐하면, 대부분의 사람들은 더 나은 삶을 위해, 높은 사회적 지위를 얻기 위해, 근본적인 민생고 해결을 위해 등등 각자의 현실적 상황에 너무 함몰(陷沒)되어 살아가고 있는 것이 현실이다. 그래서 산다는 것의 의미를 생각해 볼 겨를이 없었을 것이고 잠시 그런 생각을 했다 하더라도 금방 잊어버렸거나 생각할 가치가 아니라고 생각하고 그냥 지나쳤을 것이다. 그리고 마음먹고 생각을 한번 해 보겠다고 하더라도 체계적으로 접근해서 삶의 의미를 도출해 내기가 쉽지 않을 것이고 무엇보다도 어떤 일의 의미를 찾는다는 것은 그 일을 마무리하는 단계에서나 생각해 볼 일이라고 생각하는 선입견적 사고가 체계적 접근을 어렵게 만들기 때문일 것이다. 그러면 어떻게 산다는 것의 의미를 찾을 수 있을까?

산다는 것의 의미를 어떻게 찾을 수 있을까?

앞서간 사람들의 삶의 흔적과 삶에 대한 특별한 사유(思惟) 능력이 있는 사람들의 흔적을 따라가면 의미를 찾을 수 있는 힌트가 있을 않을까 싶다. 단, 그 사람들이 찾은 삶의 의미는 그 사람들의 것이고 나의 것이 아니어서 그 사람들을 통해서 자신의 삶의 의미를 찾는 노력이 꼭 필요함을 전제로 한다.

인터넷 자료에 의하면 몇 년 전 대중들의 많은 관심을 받았고 실제 관련 책들이 베스트셀러가 되고 지금까지 스테디셀러가 되는 분야가 죽을 때 후회하는 것들에 관한 내용이다.

호주의 한 요양원에서 말기 암 환자들의 간병인이었던 브로니

웨어가 환자들이 털어놓은 말을 담은 『내가 원하는 삶을 살았더라면 – 죽을 때 가장 후회하는 5가지』, 1,000명의 죽음을 지켜본 호스피스 전문의 오츠 슈이치의 『죽을 때 후회하는 스물다섯 가지』, 전 세계 100만 명이 공감한 카렌 와이어트의 『일주일이 남았다면 – 죽기 전에 후회하는 것 7가지』 등을 중심으로 수십만 건의 글들이 올라와 있다.

　그 책들을 보면 공통된 내용이거나 비슷한 내용이 대부분이다. 공통된 내용 몇 가지를 소개하면 '원하는 삶을 살지 못했다.', '너무 일만 열심히 했다.', '가고 싶은 곳을 여행하지 못했다.', '감정 표현을 잘하지 못했다.' 등이다. 이런 것에서 얻을 수 있는 교훈은 그들이 살아가면서 미처 생각하지 못했거나 설혹 생각했더라도 실행하지 못했던 것들은 죽음을 앞두고는 회한(悔恨)의 감정으로 나타난다는 것이다. 살아가면서 간간이라도 살아간다는 의미를 생각해 보았더라면 그들의 삶은 어땠을까?

　살아가면서 자신의 삶의 의미를 생각한 사람들도 있다. 이런 사람들은 특별한 사유(思惟) 능력이 있는 사람들로서 대부분 철학자다. 직접 한 말은 아니지만 '너 자신을 알라'라는 말로 잘 알려진 소크라테스는 자신의 삶의 의미를 한평생 생각하면서 살아간 대표적인 철학자다. 플라톤이 쓴 『소크라테스의 변명』에서 "아테네인 여러분… (중략) 이 사람은 익살스러운 말로 말한다면, 신이

이 나라에 보낸 일종의 '등에'2 인 것입니다. 이 나라는 거대하고 기품 있는 군마(軍馬)와 같아서 바로 거대하기 때문에 운동이 둔하며, 따라서 각성이 필요한 것입니다."3 라고 설파한 것을 보면 그는 자신의 삶의 의미를 '등에'에 있다고 생각했었던 것 같다. 철학자들이 남긴 그들의 사상을 보면 살면서 끊임없이 산다는 것의 의미를 찾으려고 고민을 한 흔적들을 어렵지 않게 읽어낼 수 있다.

이처럼 살아 가면서와 죽을 때라는 시차적인 차이가 있을 뿐이지 우리는 모두 자신의 삶의 의미에 대해 숙명적으로 한 번쯤이거나 또는 평생 업(業)으로 어떤 형태로든 생각하게 되어 있고, 그런 생각의 기저(基底)에는 대부분이 희로애락(喜怒哀樂)과 생로병사(生老病死)—특히 노(老), 병(病)—에 대한 감정과 연관되어 있다는 것을 알 수 있다. 어떻게 보면 희로애락(喜怒哀樂)과 노(老), 병(病)은 인간이라면 누구나 태어나면서 죽을 때까지 부둥켜안고 가져가야 할 '삶의 짐'이라 할 수 있고 이것들과 산다는 것의 의미는 밀접하게 연관되어 있다고 본다.

---

2 '등에'는 동물의 피를 빨아 먹는 등엣과의 곤충으로, 소크라테스가 자신을 신이 내려보낸 등에로 비유한 것은 당시 사회의 지식층을 지속적으로 성가시게 만들어 그들의 각성을 일으키게 하는 사명감이 자신의 의무라고 생각한 것으로 해석함.

3 플라톤 저, 「소크라테스의 변명」, 황문수 역, 문예출판사, 1999.

산다는 것의 의미와 삶의 맛

산다는 것의 의미는 물질적인 것에서 찾아지는 것이 아니다. 물질적인 것에서 찾다 보면 「공」의 노랫말처럼 열심히 살아온 자신의 삶이 모두 부질없이 느껴질 때가 온다. 진정한 삶의 의미를 찾는다는 것은 삶의 맛을 찾는 것이고, 그 맛을 음미하는 것이다. 그 맛은 삶의 지난(至難)한 과정에서 겪는 희로애락(喜怒哀樂)과 노(老)와 병(病) 속에 있다. 야생에서 자란 과일과 애지중지 기른 과일의 맛이 다른 것처럼, 자신의 삶의 맛이 달콤하고 행복감을 줄 수 있는 맛이 되기 위한 노력도 자신 스스로 해야 한다. 다시 말하면 희(喜)와 락(樂)을 최대화하고 로(怒)와 애(哀)는 최소화하는 노력, 다소 운명적인 부분이지만 노(老)를 가능한 한 천천히 하고 병(病)이 빨리 오지 않도록 노력을 해야 한다. 이것이 산다는 것의 의미가 무엇인가에 대한 답이 아닐까 싶다.

사람마다 자신이 방점을 두고 싶은 삶의 의미는 다 다를 것이다. 그런데 살아가면서 자신이 살아가는 의미를 한 번쯤 생각하면서 사는 것과 생각 없이 사는 것과는 삶의 종착점에서 많은 차이가 있을 것이다.

04

인생에서 남는 것은 무엇일까?

어느 날 문득 나의 인생에서 남는 것은 무엇일까? 라는 의문이 강하게 들었다. 그러고는 며칠 동안 이 화두(話頭)만을 생각하고 있었던 시기가 있었다. 나의 인생만을 국한 시켜 놓고 생각해 보니 머릿속은 카오스의 상태 그 자체였다. 그만큼 생각 없이 인생을 살아왔나! 하는 자괴감이 들기 시작하는 순간 지푸라기라도 잡고 싶은 심정으로, 번듯하지는 않지만 그래도 나의 인생에서 남는 것은 이것이라고 말하고 싶은 욕망이 꿈틀꿈틀 일어나는 감정을 느꼈다. 마치 피가 거꾸로 흐르는 느낌처럼, 볼 수는 없지만 얼굴에 핏줄이 불거져 나오는 것 같았다. 이런 감정 속에서 나의 인생에서 남을 수 있는 것들을 찾아본다.

얼마 되진 않지만 가진 재산, 요즘 사회에서 누구도 인정해 주지 않는 빛바랜 명예, 그리고… ??? 없다. 아무리 생각해도 나의 인생은 남길 것이 없는 것 같다. 헛살았다고 해야 하나? 대충대충 살았다고 해야 하나? 마음이 심란해지고 지금까지 뭘 했나 싶다.

쓸데없는 생각을 하고 있나 하는 생각이 든다. 그렇지만 한번 시작한 생각이 좀처럼 지워지지 않는다. 지우려고 애를 쓸수록 자꾸만 그 생각 속으로 빠져드는 것 같다. 이런 생각을 하는 사람들이 비단 나만은 아닐 거라고 스스로 위안(慰安)도 해보고, 뭔가 남기려고 하는 것은 인간이 타고난 본능이고 그래서 나의 인생에서 남는 것은 무엇일까? 라는 생각에 잠길 수 있는 것은 당연하다고 나 자신에게 강변(强辯)도 해본다.

굳이 다윈의 진화론을 거론하지 않더라도 우리 인간은 주어진 현실에 만족하지 않고 새로운 것을 추구해 가려는 DNA가 있는 것만은 틀림이 없다. 생명과학을 포함한 모든 분야의 과학기술이 발전해 가고, 더 편안한 삶을 위한 사회적 제도들이 지속적으로 바뀌어 가고 있는 것 등은 물론이고 무엇보다도 지구상의 모든 종(種)을 지배하고 있는 것이 그 증거라 할 수 있겠다.

나의 인생에서 남는 것은 무엇일까? 라는 화두를 안고 사유(思惟)의 바다를 방향도 잡지 못하고 며칠간 헤매다 언뜻 먼저 길을 걸어간 사람들은 그들의 인생에서 무엇을 남기고 갔을까 하는 의문이 생겼다.

그래서 곧바로 지식의 창고를 열심히 뒤지기 시작했다. 이런저런 사람 가리지 않고 남기고 간 흔적을 찾아보았다. **결과는 그들의 일부 모습만 평소 그가 한 말과 행동이 같이 투영(投影)되어 남아 있었다. 그것 말고는 없었다.** 얼마나 다양한 지식을 남겼는지, 얼마나 많은 부(富)를 남겼는지, 얼마나 많은 권력을 사용했 었는지는 별로 의미가 없어 보였다.

지식의 창고에서 얻은 결론은 결국, **인생에서 남는 것은 자신 의 모습이 아닐까 싶다.** 남겨진 자신의 모습은 두 개의 모습이 각각 따로따로이면서 또 점철되어 있다고 생각한다. 첫 번째는 운명적으로 타고난 자신의 모습이고 두 번째는 살면서 만들어 간 자신의 모습이다. 이 두 모습은 자신이 타고난 운명과도 많이 연계되어 있어서 앞장에서 필자가 간단하게 언급한 운명의 뜻을 이해하면 쉽게 알 수 있다.

이런 우리의 모습을 지식의 창고에서는 나무와 그릇으로 많이 비유하고 있다. 예를 든다면 우리의 속담에는 "될성부른 나무는 떡잎부터 알아본다."라는 말이 있다. 우리의 선조들은 사람의 모 습을 나무에 비유한 것이다. 이 속담에 담긴 뜻을 재해석해보면 사람은 태어나면서부터 소나무, 떡갈나무 등등 수많은 나무 중 에 어떤 한 종류의 나무로 정해져 태어나고, 커 가면서 키가 크 거나 작은 모습, 잎이 무성하거나 싱싱하지 못한 모습 등으로 된 다는 의미가 있다고 할 수 있겠다. 여기서 운명적인 모습은 소나 무, 떡갈나무 등 종(種)의 모습이고, 살면서 만든 모습은 키가 크 거나 작은 모습, 잎이 무성하거나 싱싱하지 못한 모습 등이 이에 해당한다고 굳이 해석하고 싶다.

중국의 노자 '도덕경'에는 대기만성(大器晩成)이라는 말이 있다. 즉 한자의 풀이대로 '큰 그릇은 늦게 만들어진다'라는 뜻이다. 현재 우리 사회에서도 시험에 낙방하는 사람 등에게 힘과 용기를 주기 위해 흔히 사용하는 말이다. 사람의 모습을 그릇으로 비유한 것이다. 여기서 운명적으로 만들어지는 그릇의 모습은 큰 그릇과 작은 그릇, 둥근 그릇과 네모난 그릇, 토기 그릇, 알루미늄 그릇, 유리그릇 등등 장인(匠人)의 의도와 손에 의해 결정되는 그릇일 것이고, 사용되면서 가꾸어져 간 모습은 깨진 그릇, 이빨 빠진 그릇, 깨끗하고 윤이 나는 그릇, 흠이 있고 때가 끼어있는 그릇 등일 것이다.

 운명적인 모습과 살면서 만든 모습은 어디까지가 운명적인 모습이고 어디까지가 살면서 만든 모습인지 분별하기 어렵다. 특히 두 모습은 대부분 같은 방향으로 상호 순기능(順機能)으로 영향을 주기 때문에 두 모습을 따로 떼어내서 보기가 쉽지 않다. 반면에 흔하지는 않지만, 역기능(逆機能)을 한 모습도 볼 수 있다. 이 모습의 예를 들어본다면, 잠시라도 우리의 감정을 저하(低下) 시킬 수 있는 우리 주변에서의 모습을 예로 드는 것보다 인터넷에 올라와 있는 기사 한 편을 소개한다. 15세기 색채의 제왕으로 불리는 화가 티치아노의 「마르시아스의 살가죽을 벗기는 아폴론」이라는 그림 속에 있는 사람의 모습이다. 요약 정리하면 이렇다.

그리스 신화에 따르면 마르시아스는 어느 날 우연히 아테나 여신의 피리를 줍게 된다. 처음 보는 악기에 불어보니 신기한 소리가 났다. 마르시아스는 매일 피리를 연주하며 살았고, 피리 소리에 빠져 자신의 음악적 재능이 대단하다고 확신하게 되어 우쭐한 기분에 음악의 신 아폴론에게 경연을 제안한다. 아폴론 신은 비천한 마르시아스의 교만에 화가 나, 진 사람은 이긴 사람으로부터 어떤 벌도 달게 받겠다는 조건으로 도전을 수락하고 경연을 한 끝에 이기게 된다. 그리고 아폴론은 마르시아스의 살가죽을 벗긴다.[4]

글을 통해 엿 볼 수 있는 마르시아스의 모습은 아테나 여신의 피리를 줍기까지의 운명적으로 타고난 모습과 피리를 열심히 연습하여 음악의 신인 아폴론에게까지 도전할 정도로 실력을 쌓고 종국에는 아폴론에게 경연에서 패(敗)하여 살가죽이 벗겨지는 살면서 만든 모습이다. 비록 500여 년이 훌쩍 지난 르네상스 시대의 화가 티치아노의 그림을 배경으로 사람이 남긴 모습의 한 단편을 예로 들었지만, 현대 사회에서도 이런 모습은 쉽게 볼 수 있다.

---

4 이주헌, '이주헌의 그림 세상 – 끔찍한 장면으로 유명한 유럽 고전 명화 톱 7', Premium Contents, 2023.6.3.

지식의 창고에서 얻은 결론이 인생에서 남는 것은 자신의 모습이고, 그것이 그릇의 모습 또는 나무의 모습으로 실루엣 되어 보일 수 있는 것이라면 나는 어떤 그릇, 어떤 나무의 모습일까? 하는 궁금증이 든다. 그리고 지금부터라도 내가 고쳐서 만들어 갈 수 있는 그릇의 모습, 나무의 모습이 조금이라도 남아있을까? 하고 다시 긴 생각의 터널 속으로 빠져드는 시간이다.

05

인생은 무대 뒤도 돌아봐야 한다

요즘 트로트가 인기다. 인기 있는 이유를 나의 기준으로 평가
한다면 첫째는 노랫말 속에 들어있는 의미가 우리의 DNA 속에
숨어있는 삶의 정서와 매우 닮아있기 때문일 것이고 둘째는 노
래를 부르는 가수들의 애틋한 목소리가 우리의 마음 깊숙이 숨
어있는 감성을 이끌기 때문일 것이다. 셋째는 1920년대부터 늘
우리 곁에 있었지만 유독 최근에 인기가 급상승한 이유는 아무
래도 코로나로 인해 많은 시간을 집에서 보내야 하는 답답함을
풀기 위한 좋은 수단이었기 때문일 것이다. 그래서인지 방송사
마다 중요 시간대에 트로트 경연 프로그램을 경쟁적으로 운영하
고 있다.

나 역시 TV조선의 '미스트롯', '미스터트롯'과 MBN의 '트롯파
이터'를 거의 보는 편이다. 2021년 2월 어느 날 '트롯파이터' 8회
에 유명한 배우가 출연했었고 「나무꾼」을 멋들어지게 불렀다. 노
래를 마치자마자 흥겨운지 한 발만 딛고 스스로 빙그르르 돌았
다. 그리고 멈춘 자세가 객석이 있는 무대 앞이 아니라 무대 뒤
를 보는 방향이었다. 순간 당황해서 인지는 모르겠으나 재치 있

게 한 말은 인생은 무대 뒤도 볼 줄 알아야 한다는 말이었다. 순간 나는 정말 대단한 재치를 갖고 있다고 생각했다.

그런데 그 말이 나의 마음속에 긴 여운을 남겼다. "인생은 무대 뒤도 볼 줄 알아야 한다." 그리고 그의 모습, 지금 「나무꾼」 노래를 끝내고 웃음 가득한 얼굴로 박수를 받는 유명 배우의 모습이 아니라 그의 지나온 삶 속에 있을 수 있었던 힘든 모습이 같이 겹쳐 한편의 짧은 파노라마가 그려졌다. 나는 그의 지난 삶을 잘 모른다. 알 턱이 없다. 하지만 인생은 무대 뒤도 볼 줄 알아야 한다는 그 말 한마디에 그의 지난 삶이 대략 느껴졌다. 왜냐하면, 당시 순간적인 재치로 한 말일 수도 있겠지만, 평소에 지나온 삶을 한 번쯤 뒤돌아보지 않은 사람이면 그런 재치 있는 말이 나올 수 없다는 생각에서다.

"인생은 무대 뒤도 볼 줄 알아야 한다."
나는 이 말에 세 가지의 삶의 맛을 느낀다.
첫 번째는 지나온 삶에 대한 감회(感懷)를 찾는 맛이다. 감회의 국어 사전적 뜻은 '지난 일을 더듬어 생각하며 느끼는 회포'이다. 어떻게 보면 좋은 감정의 회포도 있겠지만, 대부분이 후회와 아쉬움의 감정일 것이다. 우리의 삶의 모습은 생각하고, 결심하고, 행동하는 과정 안에서 일어나는 일들의 결과적 집합체로 나타난다. 다시 말하면 생각하고, 결심하고, 행동하는 그 과정 하나하나에는 반드시 따라오는 결과들이 있고, 그 결과들이 쌓여 자신의 삶의 모습이 되는 것이다. 그런데 우리 인간들은 신이 아닌 이상, 누구나 이런 연속되는 삶의 과정에서 잘못된 생각, 결심, 행동을 한 번쯤 하게 되어 있다. 그래서 우리는 살아가면서 잘못으로 인해 힘든 삶의 한때를 종종 맞게 된다. 자신의 삶의 과정에 뭔가 잘못된 상황이 일어났고 그것으로 인해 힘들어졌을 때 나타나는 현상이 바로 이 후회와 아쉬움의 감회이다.

사람은 누구나 한번은 자신이 살아온 인생의 무대를 뒤돌아보게 되어 있다. 그 시기는 사람에 따라 다소 다를 수는 있지만, 삶의 무게가 힘들수록 또는 생을 마감할 때가 되면 자신의 인생의 무대를 뒤돌아보게 되는 감정이 강하게 일어난다. 인터넷에서 '죽을 때 후회스러운 것'들을 검색해 보면 모든 사람이 몇 가지나마 후회스러운 일들을 떠올린다는 것을 금방 알 수 있다. 후회 없이 잘살았다고 하는 사람은 한 사람도 없을 것이다. 인생은 무대 뒤도 볼 줄 알아야 한다는 말은 바로 이러한 후회와 아쉬움의 감정과 연동되어 있다.

그렇다고 인생은 무대 뒤도 볼 줄 알아야 한다는 말의 맛이 단지, 자신의 지나온 삶을 뒤돌아보면서 후회와 아쉬움의 감정에 빠져보라는 것이 아니다. 자신의 지나간 인생의 무대를 뒤돌아보면서 후회와 아쉬운 것들을 찾아봄으로써 삶의 어느 시기에 있을 후회와 아쉬움을 최소한 줄이기 위한 것이고, 만약 지금까지의 삶에 후회와 아쉬움이 있다면 그것을 현재의 삶에 반영하여 살아감으로써 자신의 삶을 의미 있게 승화시켜 보라는 것이다. 인생이라는 무대의 뒤를 볼 줄 아는 사람은 자신의 삶을 성숙시키고, 완성해 나가는 힘을 얻게 되는 것이다.

두 번째는 인생의 무대 위에 찍어 놓은 자신의 발자국을 보는 맛이다. 사람은 누구나 욕망을 갖고 살아간다. 욕망이라는 기재는 사람을 앞만 보고 달려가게 한다. 앞만 보고 가는 것이 나쁜 것은 아니다. 때로는 필요하다. 그러나 과유불급이라고 너무 지나치면 지나친 만큼 치러야 할 또 다른 문제가 발생한다. 그 문제는 자신이 찍어가고 있는 발자국이 똑바른 것인지 흐트러진 것인지 알 수 없게 만든다는 것이다. 즉 자신이 가는 삶의 방향에 대한 감각을 잃어버릴 가능성이 크다는 것이다. 그래서 살아가면서 때때로 인생이라는 무대 위에 찍어 놓은 자신의 발자국이 어느 방향인지, 또 어떤 모양인지 볼 필요가 있다는 것이다. 인생은 무대 뒤도 볼 줄 알아야 한다는 말의 또 다른 맛이 여기에 있는 이유이다.

사명대사는 "답설야중거 불수호란행(踏雪野中去 不須胡亂行) 금일아행적 수작후인정(今日我行迹 遂作後人程)", '눈 덮인 들판을 걸어갈 때, 이리저리 걷지 마라, 오늘 내가 걸어간 길은, 뒤따라오는 사람들의 이정표가 되리'라고 했다. 이 말은 비단 사명대사처럼 후대들이 존경하고 역사에 길이 남을 사람들에게만 해당하는 말이 아니다. 그냥 평범하게 왔다가 한평생 평범하게 살고 가는 우리 모두에게 해당하는 말이기도 하다. 왜냐하면, 평범하게 살고 가는 우리도 뒤에 오는 누군가로부터 평가를 받게 되어 있다. 그 누군가는 자식들일 수 있고, 같이 살아가고 있는 주변의 사람들일 수도 있다. 자식들에게, 주변의 사람들에게, 이 사회에, 조직에, 국가에 좋은 역할을 하고 좋은 모습을 보여주고 떠나야 하는 것이 이 시대를 살고 가는 사람들의 의무이자 자신에 대한 도리가 아닌가 싶다.

아무리 많은 것을 자식들에게 남기고, 큰 업적을 후손들에게 남긴들 그것이 흐트러진 걸음걸이로 이룬 일들이라면 어떻게 잘 살았다고 할 수 있겠는가? 지금 이 사회의 누구처럼 말이다.

앞만 보고 가는 사람들은 지금 자신이 걸어가고 있는 길이 어떤 길인지, 걸어가고 있는 모습이 어떤 모습인지 잘 모른다. 그것을 깨닫기 위해서는 인생의 무대 위에 찍어 놓은 자신의 발자국을 돌아봐야 한다. 그래서 나는 인생은 무대 뒤도 볼 줄 알아야 한다는 말을 떠올릴 때마다 짜릿한 감정을 느낀다.

세 번째는 자신의 뒷모습을 보는 맛이다. 자신의 뒷모습을 본다는 것은 삶에 있어서 대단히 의미 있고 중요한 일이 아닐 수 없다. 사람들은 인생을 잘 살아야 한다는 것에는 누구나 공감한다. 그런데 진작 자신이 그동안 잘살아왔는지 또는 잘못 살아왔는지에 대한 물음에는 명확한 답을 하기가 망설여진다. 아무리 큰 권력을 갖고 있거나 또 재산이 많이 있는 사람들도 마찬가지라 생각한다. 나는 자신의 인생을 잘 살았는지 또는 잘못 살았는지를 알려면 자신이 그동안 살아온 지난 모습을 보라고 말하고 싶다. 왜냐하면, 잘살았나 잘못 살았나에 대한 답은 지나온 자신의 모습 속에 있기 때문이다.

사람에게는 두 가지 모습, 즉 자신의 본래 모습과 남이 보는 자신의 모습이 있다. 삶의 진정한 가치를 찾으면서 살아가는 사람들은 전자의 모습이 많이 나타나고 가식과 욕망이 큰 사람들일수록 후자의 모습이 강하게 나타난다. 그런데 안타깝게도 현대를 살아가는 우리들의 대부분은 가식과 욕망에 휩싸여 있는 사람들이고, 그래서 지금 내가 보고 있는 대부분의 사람들은 그들의 본 모습이 아니고 가식과 위선과 거짓으로 꾸며진 모습의 그들을 보고 있다. 진짜의 사람들을 보고 있는 것이 아니라 가짜의 사람들을 보고 있는 것이다.

나 자신의 모습 또한 예외일 수 없을 것이다. 그래서 나를 포함한 우리들의 대부분은 자기 자신을 볼 자격이 없는지도 모른다. 하지만 불행 중 다행이랄까! 우리 인간의 DNA 속에는 자기 자신은 잘 볼 수 없지만 다른 사람들에 대해서는 위선과 거짓으로 꾸며진 사람인지, 본래의 모습에 가까운 진실한 사람인지 분별할 수 있는 능력이 완벽하지는 않지만 조금 있는 것 같다. 따라서 자신의 뒷모습을 보기 위해서는 함께 살아가는 주위의 사람들을 통해 자신을 볼 필요가 있고 특히 앞서가는 사람보다 뒤에서 따라오는 사람들을 통해 자신을 보는 것이 더 현실적인 접근이라고 할 수 있다.

나는 간간이 나 자신에게 '나는 어떤 사람인가?'라는 화두를 던지면서 가식과 위선과 거짓으로 꾸며진 '나'인지를 묻는다. 그래서 인생은 무대 뒤를 봐야 한다는 말이 더욱 특별하게 느껴진다. 자신의 인생 무대 뒤를 볼 줄 아는 사람은 인생의 참맛을 느낄 기회를 잡을 수 있을 것이다.

06

이제, 자신의 삶에 진실해지자

만약 내일 죽음을 앞에 두고 있다면 나의 삶 중에 가장 후회스러운 일이 뭘까? 하고 생각해 보면 '나 자신의 내가 아니고 남이 생각하는 나를 마치 나인 것처럼 혼돈하면서 살아온 세월'이라고 말하고 싶다. 그렇다고 지금 나 자신의 내가 누구인가 물으면 답할 자신은 없다. 그래서 나 자신의 나처럼 사는 방법이 뭔지도 아직은 잘 모르겠다.

몇십 년째 '나는 어떤 사람인가?' 하는 화두로 시간이 날 때마다 생각에 잠기곤 하지만 여전히 답을 찾지 못하고 똑같은 수준을 맴돌고 있다. 때때로 쓸데없는 짓을 하는 것이 아닌지 하고 후회도 해보지만, 이제는 멈출 수 없는 일상이 되어 버렸다. 살아가는 동안 답을 찾지 못할 거라는 생각도 들지만 그래도 생각에 잠기는 지금 이 순간만큼은 소중한 시간을 나 자신을 위해 온전히 사용하고 있다는 작은 의미를 부여하고 싶다.

궤변일까? 근거도 없지만, 인간에게는 진실해지고 싶은 본성이 있다고 믿고 싶다. 그래서 인지는 모르겠지만 진실해지지 않으면 본래의 나를 볼 수 없기에 영원히 나를 찾을 수 없을 것 같다는 생각이 든다. 다시 말하면 나의 삶 앞에 진실해지지 않으면 나의 본성을 찾지 못할 것 같고, 나의 본성을 찾지 못하면 나 자신이 어떤 사람인지를 알지 못할 것 같다. 그래서 이제, 자신의 삶에 진실해지자는 생각이 든다. 진실해지면 '나는 어떤 사람인가?' 하는 나 자신의 물음에 대한 답을 찾을 수 있는 실마리를 얻을 수 있을 것 같은 기대감도 생긴다.

생존 경쟁이 치열한 현대 사회에서 진실해진다는 것은 정말 어려운 일이다. 오늘을 살아가는 우리는 수없이 남을 속이기도 하고 자신이 속기도 한다. 알면서도 어쩔 수 없이 거짓말을 하기도 하고 거짓인지 알지도 모르는 상태에서 거짓말을 하기도 한다. 그렇게 하지 않으면 온전히 살아가기 힘든 것이 요즘의 사회다.

지금으로부터 1,900여 년 전 로마의 황제이자 철학자인 마르쿠스 아우렐리우스는 그의 『명상록』에서 "오늘 하루도 남의 일에 참견하는 자, 교만한 자, 사기꾼, 시기심이 많은 자와 만날 것이다."[5]라고 했다. 마르쿠스 아우렐리우스의 이 말은 삶의 방식

---

5 마르쿠스 아우렐리우스, 『명상록』, 박문재 역, 현대지성, 2018.

이 비교적 단순했던 당시의 사회에서조차도 남의 일에 참견하는 자, 교만한 자, 사기꾼, 시기심이 많은 자들이 득실거렸고 이들과 만나면 교만한 말, 사기의 말, 시기심이 많은 말을 들을 수밖에 없고 그러다 보면 자신도 어느덧 그들과 같은 수준의 말을 할 수밖에 없다는 걱정에서 한 말일 것이다. 이처럼 1,900여 년 전의 사회에서도 진실하게 살아간다는 것이 어렵다는 것을 마르쿠스 아우렐리우스는 토로하고 있었다는 것을 볼 때 지금의 사회에서야 더 설명할 필요가 있겠나 싶다.

특히, 현대 사회는 진실과 거짓의 사이에서 무엇이 진실인지, 무엇이 거짓인지 경계가 무너져 내리는 혼란의 시대이다. "우리 자유민주주의가 맞닥뜨린 가장 큰 도전 가운데 하나는 우리가 심각한 정도로 공통된 사실 기준을 공유하고 있지 않다는 점이다."[6] 오늘날 사람들은 서로 완전히 다른 정보 세계에서 움직이고 있다는 오바마 대통령의 말처럼 하나의 사실을 두고 이념적으로 무장되고, 정치적 목적을 갖는 서로 다른 집단이 보면 서로 완전히 다르게 볼 수 있다는 말이다. 다르게 본다는 것은 사실을 왜곡시켜 허위 사실을 만들고, 허위 사실은 사실이 아님에도 그들은 사실로 본다는 것이다. 우리 사회에도 직접 보고, 듣고, 느낄

---

6 미치코 가쿠타니 저, 『진실 따위는 중요하지 않다』, 김영선 역, 돌베개, 2019.

수 있을 정도로 이런 현상들이 완연한 모습이다. 보수와 진보의 각 집단에서 터져 나오는 언어의 유희들을 보면 어느 것 하나도 같은 시각으로 볼 수 없는 상황을 연출한다. 분명 어느 한쪽은 진실이고, 어느 한쪽은 진실이 아님에도 불구하고 모두 진실이라고 외쳐대고 있고 우리 국민의 40% 이상은 분명 진실이 아닌 것을 진실로 받아들이고 환호하고 있다. 이런 사회적 상황에서 무엇이 진실이고 무엇이 거짓인지 따진다는 것 자체가 무슨 의미가 있나 하는 생각마저 든다. 이 시대의 끝 자락쯤에는 진실이 없는 사회가 올 수 있을 것이고, 그래서 '이제, 자신의 삶에 진실해지자'와 같은 말은 더 이상 언어로서 존재할 가치가 없어 사라져 버리는 것이 아닌가 싶어 참으로 걱정스럽다.

'오십이지천명(五十而知天命)'이 될 때쯤부터는 진실해지자

'진실해지자'라는 것을 불가피하게 두 단계로 구분 지으려 한다. 첫 번째는 50대 이전의 삶이고, 두 번째는 50대 이후의 삶이다. 이렇게 구분 짓는 이유는 두 단계의 삶의 모습이 판이하기 때문이다. 그런데 나는 50대 이후의 삶에서 진실해지자는 말을 하고 싶다. 왜냐하면, 50대 이전의 삶을 사는 사람들에게 진실해지자는 말을 하는 것 자체가 왠지 무책임한 말이 될 것 같은 생각이 들어서다. 그들의 삶은 한마디로 경쟁이다. 경쟁에서 진실해진다는 것은 경쟁 대상자에게 자신의 모든 것을 내보인다는 것이고, 치열한 경쟁에서 진실한 자신의 모습이 약한 모습으로 비하 되거나 약점으로 이용당하는 등 그만큼 불리하게 작동되는 개연성이 있기 때문이다.

마르쿠스 아우렐리우스가 이미 1,900여 년 전에 당시의 사회를 평한 것처럼 오늘날 우리 사회 역시 남의 일에 참견하기를 좋아하는 자, 교만한 자, 사기꾼, 시기심이 많은 자들이 넘쳐난다. 집을 나서기만 하면 만날 수밖에 없는 것이 현실이다. 이들과 부대끼고 함께 동화되지 않으면 사회성이 부족하다는 평가와 함께 소외되거나 경쟁에서 뒤처질 수밖에 없다. 그래서 이들에게 진실해지자는 말을 하기가 망설여진다. 단지, 이들에게 해주고 싶은 말은 그들과 만나서 직장, 승진 등등 세상살이 이야기를 하다 보면 자신도 모르게 교만스러운 말, 사기성이 있는 말, 시기심이 있는 말들을 함께 할 수밖에 없겠지만, 진실 하고자 하는 자신의 마음은 꼭 붙들어 두라고 말해 주고 싶다.

다음은 50대 이후의 삶이다. 공자는 50대 삶의 모습을 두고 '오십이지천명(五十而知天命)'이라고 했다. 자신에게 일어나는 모든 것들을 자신이 타고난 운(運)으로 이해하고 받아들일 수 있는 나이라는 것이다. 특히, 50대는 신변에 가장 많은 변동이 일어나는 시기다. 그것도 자신의 직위가 올라가고 큰 역할이 주어지는 좋은 변동이 아니라 대부분 사회의 주역에서 보조 역으로 내려오고 그동안 쌓아온 자존감이 무너져 내리는 변동이다. 무엇보다

도 경제적 활동의 기회가 줄어들어 어깨가 움츠러들 수밖에 없
는 상황을 맞게 되는 나잇대이다. 자신이 아무리 실력이 좋아도,
할 수 있는 체력과 마음이 있다고 소리치고 몸부림쳐도 세상은
그를 잘 받아드려 주지 않는다. 오히려 빨리 내려가라고 종용한
다. 그것이 하늘이 인간들에게 내린 운명이기 때문에 빨리 받아
드리라고 한다.

그래서 이쯤에는 그동안 성공을 위해서 본의든 아니든 행한 수
많은 교만스러운 말, 사기성이 있는 말, 시기심이 있는 말들을
더 이상 하지 말아야 한다. 내려온 위치에서는 이런 말을 할 필
요도 없고 하지 않아도 되겠지만 이런 말을 하는 것이 자신의 본
성이 아니라 하지 않는 것이 자신의 본성이란 것을 알아야 한다.
50대 이후는 이 본성으로 돌아가는 것이 하늘이 내린 인간의 운
명적 삶의 이치(理致)임을 공자는 '오십이지천명(五十而知天命)'이라
는 말로 강조한 것으로 생각한다.

간혹, TV 다큐멘터리에서 강을 따라 태어난 곳으로 헤엄쳐 올
라가는 연어의 모습들을 볼 수 있다. 인간들이 만들어 놓은 온갖
장애물들을 넘는 모습, 자연적으로 형성되어 있는 작은 폭포를
올라가기 위해 수없이 튀어 오르는 모습, 거센 물결을 차고 넘어
가기 위해 온 힘을 다해 지느러미를 흔드는 모습들과 마침내 태
어난 곳에 도착한, 지느러미가 헤어지고 입 주변이 망가진 연어

의 모습은 위대함 그 자체다. 나는 이런 연어의 모습 속에서 그들의 삶에 충실해지려는 본성을 본다. 그래서 그 모습이 아름답고 숭고한 모습으로 보인다.

우리 인간들에게도 이런 모습은 내재 되어 있고, 본성에 진실해질 때 그 모습을 볼 수 있다고 생각한다. 진실과 가식의 혼돈 시대, 진실과 거짓이 구별되지 않는 시대에서 그래도 역사적 진실, 과학적 진실, 사회적 진실, 정치적 진실 등은 엄연히 존재하고 있고, 우리 삶의 중심을 잡아줄 수 있는 그 진실의 사회는 50대 이후의 사람들이 자신의 삶에 입과 지느러미가 헤진 연어처럼 진실해질 때 만들어질 수 있다고 믿는다.

2부 · 디딤돌의 삶

누구보다 우월한 품새를 가진 사람이 되고 싶어 하지 말자. 자식들의 아버지로서, 친구의 친구로서, 사회의 리더로서 이제 그들의 에스프레소와 감초가 되자. 지금 당신이 되기까지는 그동안 수많은 디딤돌의 사람들이 있었기 때문에 가능했다. 이제는 나 자신이 아닌 그들이 품새 있는 돌이 되게 해주자.

자신의 그릇이 넘쳐나는 것을 깨달을 수 있는 마음과 과욕(寡慾)의 마음을 가질 때 이제 내려놓았다고 말할 수 있다고 생각한다. 이것을 행(行)하기 위해서는 자신에게 수시로 '너, 괜찮아?'라고 물어라. 자신에게 이것을 묻는 사람은 내려놓을 수 있는 사람이고 묻지 않는 사람은 내려놓는다는 것이 빈말이고 자신을 속이고 있는 사람이다.

우리가 했던 수많은 걱정 중 대부분은 쓸데없는 걱정이었다. 그런데 만약 시간이 되돌려진다면 그때 했던 쓸데없는 걱정은 하지 않을 수 있을까?

디딤돌이 주는 삶의 의미

나는 가끔 내가 사는 아파트를 감싸고 있는 법화산 둘레길을 걷는다. 건강을 위한 것도 있지만 나 혼자만의 사유(思惟)를 즐기기 위해 나서는 때가 더 많다. 둘레길을 걸으면서 달콤한 사유의 세계에 빠져드는 재미가 쏠쏠하다.

오늘도 혼자만의 사유를 즐기기 위해 둘레길을 찾아 나섰다. 이런저런 생각에 잠겨 걸음을 옮기고 있던 와중에 그동안 수없이 다닌 길이었는데도 눈에 들어오지 않았던 나무에 걸려있는 안내 팻말 하나가 눈에 들어왔다. 잠시 걸음을 멈추고 찬찬히 팻말에 적혀 있는 글을 읽었다. *"만일 길에 바위가 놓여 있다고 해도 그것을 거부하려고 하지 마라. 그것을 디딤돌로 사용하라"* *-B.S. 라즈니쉬*

디딤돌이라는 글자가 갑자기 내 생각 속에 꽂혔다. 왜 그럴까? 하는 의문과 함께 분명 이유가 있을 거라는 생각이 들었다. 디딤돌이 왜? 라는 생각에 잠겨 한동안 둘레길을 걷고 또 걸었다. 이런저런 잡다한 생각들이 스치고 간 후 갑자기 '아! 디딤돌이 지금의 나의 삶과 연관이 있어서 그랬구나.'라는 생각에 이르렀다.

디딤돌과 지금의 나의 삶과의 연관성에 대해 먼저 머릿속에 떠오른 것이 에스프레소 커피였다. 에스프레소 커피에 대한 나의 기억은 90년대 초 외국에서 공부할 때 같은 반, 외국인 학생이 같이 점심을 먹고 난 후에는 학교 커피숍에서 조그만 잔에 새까맣게 보이는 커피를 시켜 마시곤 했고, 간혹 나에게 한잔을 권하면 싫은 척할 수 없어 즐거운 기분으로 같이 마시곤 한 기억이 있다. 그러면서 커피의 이름이 에스프레소라는 것과 학교의 커피숍뿐만 아니라 거리의 어느 커피숍을 가더라도 메뉴 보드 상단에 그 이름이 있는 걸 알게 되었다. 이제는 한국에서도 커피 애호가라면 에스프레소를 모르는 사람은 없을 것이다.

나는 커피 전문가가 아니라서 에스프레소를 만들어 내는 과정을 잘 알지는 못하지만, 커피 애호가로서 마시고 나면 위장이 쓰릴 정도로 고농축 커피이고, 모든 커피는 에스프레소에 어떤 것을 첨가하느냐에 따라 이름이 붙고 다양한 커피를 만들어 낸다는 것은 알고 있다. 즉, 많은 사람이 즐겨 마시는 아메리카노는 에스프레소에 뜨거운 물을 넣은 것이고, 카푸치노는 에스프레소에 우유 거품과 계핏가루를 넣어 만든 것이며, 라떼는 에스프레소에 우유와 우유 거품을 넣어 만든 것 등이다.

그런데 에스프레소는 아메리카노, 카푸치노, 라떼 등의 커피보다 훨씬 인기가 없고 즐기지 않는 사람들이 많다. 에스프레소를 아예 모르는 사람들도 있을 것이다. 좋아하지 않는 이유도 맛이 너무 써서, 양이 너무 적어서, 위장에 부담되는 것 같아서 등 다양하다. 그러나 분명한 사실은 우리가 즐겨 마시는 커피 대부분은 에스프레소를 근간으로 만들어진다는 것이다. 즉 약방의 감초와 같은 역할을 한다고 할까. 감초는 거의 모든 약초 물을 달일 때 빠지지 않고 들어가는 약재다. 그 이유는 전문가들에 의해 알려진 대로 모든 약초는 어느 정도의 독성을 갖고 있고, 이 독성을 중화시키는 것이 바로 감초라고 한다. 감초가 이외 여러 가지 효능을 갖고 있지만 가장 중요한 기능이 독성을 중화 내지는 완화를 시켜주는 역할을 하므로 한방 처방에 빠지질 않아 '약방의 감초'라는 말이 나왔다고 한다.

이처럼 감초나 에스프레소는 자신을 희생시켜 효능을 올리거나 더 좋은 맛을 내게 하여 사람들을 즐겁게 하고 건강하게 하는 역할을 하는 것이다. 그렇다고 그 누구도 커피 하면 에스프레소를 떠올리지 않고 한방에서 좋은 약재 하면 감초를 말하지 않는다.

다음은 스포츠 경기에서의 미들맨에 대한 생각이 겹쳤다. 우리가 즐겨보고 많은 팬이 있는 인기 스포츠인 야구를 예를 들어보면 투수에는 선발투수, 불펜투수, 마무리투수가 있다. 9회(정규)를 던지는 야구의 특성상 한 선수가 9회까지 모두 던지는 것은 체력적으로 매우 어려운 상황에서 최상의 컨디션으로 투구할 수 있는 여건을 만들어 주기 위해 대부분 선발, 중간 계투, 마무리로 던지게 하고 있고 이들 역할을 책임지는 투수들이 각 구단에는 거의 정해져 있다. 어느 한 단계라도 주어진 역할을 잘하지 못하면 그 게임에서 지게 된다. 그래서 이들의 역할은 모두 중요하다. 그런데도 야구를 보는 관중들은 선발투수와 마무리투수에 환호하고 박수를 보내면서 중간 계투 선수들에게는 별로 많은 관심을 가지지 않는다. 이것은 축구, 농구, 배구 등 모든 스포츠에서 비슷한 모습이다.

야구의 중간 계투 선수들은 에스프레소나 감초의 역할을 하는 사람들이다. 이런 미들맨들이 없다면 그 팀은 경기에서 이기기 힘들게 되고 장기간의 경기에서 늘 강한 면모를 결코 유지할 수 없다. 이처럼 미들맨은 없어서는 안 될 존재지만 인기가 없다는 것에는 에스프레소나 감초와 별반 다를 바가 없다. 이들이 오늘 내가 안내 팻말에서 읽은 글 속에 있는 디딤돌과 같은 역할을 하는 것이고, 또한 나 자신도 내 삶의 많은 부분이 디딤돌의 역할을 했었고 또 더욱 연관성이 있다고 느껴졌던 것은 지금 나의 삶이 바로 이 디딤돌의 삶이어야 한다는 것과 맞닿아 있다는 것을 깨닫게 되었다.

그리고는 둘레길을 걷는 내내 발길에 있는 돌들에 신경이 많이 쓰였다. 찬찬히 보니 발길이 닿는 곳에는 모난 돌들이 없고 이리저리 부딪히면서 깨져 둥글 몽실한 돌들과 사람들에게 밟혀 모난 부분은 땅에 박히고 편편한 부분이 위로 나와 있는 돌, 제법 가파른 길에는 사람들이 안전하게 밟고 지나갈 수 있도록 인위적으로 설치한 소위 편편한 디딤돌들이 있었고 모가 있는 돌들과 튀는 돌들은 아예 길옆에 밀려나 있는 모습들이 보였다. 디딤돌이 특별한 품새를 가진 인기 있는 돌은 아니지만, 시간과 공간을 초월하여 늘 같은 위치에서 변함없이 사람들에게 안전을 제공해 준다는 차원에서는 그의 가치성을 그 누구도 부인할 수 없다고 본다. 그 디딤돌이 커피의 에스프레소이고 약방의 감초이며, 스포츠의 미들맨이라는 생각이 들었다.

운명적으로 타고나는 디딤돌의 삶!

우리 사회는 사람들이 각각의 역할을 하도록 시스템화되어있다. 그 속에서 살아가는 우리는 연령대별, 역량별7로 자신의 역할이 있다. 20대는 자신의 역량을 키우기 위해 열심히 공부하고 심신을 단련할 수 있도록, 30~50대는 그 역량을 바탕으로 사회에 뛰어들어 열심히 삶을 영위할 수 있도록, 60대부터는 그동안 바쁘게 살아온 보답으로 자신의 삶에 얼마간의 휴식과 뒤돌아볼 수 있는 여유를 누릴 수 있도록 구조화되어 있다. 신기롭게도 창

---

7   어떤 일을 해내는 힘이나 기량

조주가 우리 인간들에게 내린 최고의 혜택이라는 생각도 든다.

연령대별 우리 인간들에게 주어지는 역할은 어떻게 보면 자연의 순환 이치(理致)인지도 모른다. 그것은 인간 개인이 거스를 수 없는 창조주의 기획물인 것 같다. 역량별로는 자신에게 주어지는 역할이 운명적으로 타고 나는 부분도 있고 자신의 부단한 노력에 의한 부분도 있을 것이다. 정치인은 정치인으로, 기업인은 기업인으로, 교육자는 교육자로 태어나면서 갖고 나온다는 것은 운명적으로 타고나는 것이고, 그 속에서 어느 위치를 얻고 어떤 역할을 하느냐는 것은 운(運) 적인 부분과 부단한 노력의 일정 부분이 합쳐진 것이 있을 것이고, 어떤 부분은 오롯이 자신의 노력만으로 얻어진 것일 수도 있을 것이다. 다시 말하면 중간 계투 즉 미들맨으로 야구 인생을 끝내는 선수가 있을 것이고 선발, 미들맨, 마무리를 모두 거치는 선수도 있을 것이다. 이런 것들이 타고난 운명적인 부분과 자신의 노력에 의한 부분이 합해져 자신의 삶이 된다는 것이다. 이러한 것들은 우리 삶의 궤적을 한번 좇아보면 금방 알 수 있을 것이다.

자신이 아무리 발버둥 치면서 하려고 했든 또 갈려고 했던 삶의 모습으로 가질 않고 자신이 원하지도, 생각지도 않았던 지금의 모습으로 어떻게 왔는지, 아무리 선발투수가 마무리 투수가 되고 싶어 해도 될 수 없었던 것, 아무리 CEO가 되고 싶었어도 될 수 없었던 것들. 반면에 별로 하고 싶었던 것이 아니었음에도 마치 큰 힘에 떠밀려 어쩔 수 없이 어떤 역할을 맡게 되었던 것 등이 우리의 삶 속에 존재해 있는 것들이 그것이다. 그 속에는 운명적인 부분도 있고 그동안 자신이 열심히 노력하여 능력을 키워온 부분이 혼재해 있음이 분명할 것이다.

그러다 보면 우리의 삶 속에는 자의든 타의든 디딤돌의 역할을 하는 수많은 사람이 있을 수밖에 없다. 모든 투수가 선발투수가 될 수 없고 모든 사람이 CEO가 될 수 없다. 그러나 선발투수든 CEO든 지금 디딤돌 역할을 하는 사람이든 우리는 모두 알아야 할 중요한 사실이 있다. '화려한 시간이 지나고 어느 시점부터는 모든 사람은 디딤돌로 돌아가야 하는 창조주의 큰 뜻이 있음을…'

디딤돌의 삶, 그 속에 인생의 참맛이 있다

디딤돌의 삶에는 과욕(過慾)이 없고 과욕(寡慾)만 있다. 過慾은 한자어의 뜻대로 지나친 욕심이며 도를 넘치는 욕심이다. 우리에게 생활의 에너지가 되는 올바른 욕심이 아니라 우리 사회가 정의해 놓은 기준과 절차를 넘나드는 옳지 못한 욕심이다. 반면에 寡慾은 많은 것을 탐하지 않는 적은 욕심이다. 이것은 사회성이 없거나 발전성이 없게 하는 소심한 욕심이 아니라 자신이 노력한 대가만큼 얻으려고 하는 욕심이다. 자기 자신이라는 상품의 가치를 높이게 하는 반듯한 욕심이다.

에스프레소나 감초가 무슨 과욕(過慾)을 가질 수 있겠나? 맛, 인기 등을 얻으려고 하는 과욕(過慾)보다 존재 자체의 변하지 않는 가치만을 가지려고 하는, 타 재료들의 밑거름이 되어 사람들에게 이로움을 주겠다는 이타(利他)의 욕심인 과욕(寡慾)을 가지려는 것이다. 그래서 과욕(過慾)에는 행복이 있을 수 없으나 과욕(寡慾)에는 삶의 소소한 행복이 있다. 또한, 과욕(過慾)에는 삶의 중요한 것만 있고 소중한 것은 없으나 과욕(寡慾)에는 삶의 중요한 것보다 소중한 것이 훨씬 더 많이 있다.

디딤돌의 삶에는 삶의 욕심이 있되 과욕(寡慾)만 있다. 삶에서 중요한 것보다 소중한 것을 추구하는 마음이 있고, 중요한 것을 쫓다가 정작 소중한 것들을 잃어버리거나 잊고 살아가는 우(愚)를 범하지 않는다. 중요한 것은 있다가도 없어지는 것이고 갖고 싶어도 마음대로 되지 않는 것이나, 소중한 것은 나의 의지에 따라 항상 내 마음속에 넣어 둘 수 있다. 이 속에 삶의 참맛이 들어 있다.

이제 디딤돌의 삶을 살자!

운명(運命)의 세계를 속속들이 알 수는 없지만, 사람들은 기본적으로 디딤돌의 운명을 가지고 태어난다고 생각한다. 사회에서 왕성하게 활동을 할 때도 디딤돌의 시기는 분명히 있고 그 시기를 지나 어쩔 수 없이 제2의 인생을 맞이하는 때는 더욱 그렇다. 공자가 '오십이지천명(五十而知天命)'이라고 한 것도 사람이 태어나면서 50대에 가지는 '운명적 디딤돌'을 두고 한 말이 아닐까 싶다.

그런데도 사람들은 디딤돌의 운명론을 부정하고 싶어 한다. 디딤돌이 되는 것을 싫어하고 품새 있는 돌이 되기를 바란다. 노력에 따라 또는 타고난 운에 따라 품새 있는 돌이 되기도 한다. 그러나 그 모양을 절대 오래 가져갈 수는 없다. 그게 인간의 운명이다. 인간이 필연적으로 맞이하게 되는 디딤돌이 결코 나쁜 것이 아님을 알아야 한다. 디딤돌은 커피의 에스프레소이고 약재의 감초와 같다. 에스프레소가 없으면 사람들이 기호에 맞게 커피의 맛을 즐길 수 있도록 다양한 커피를 만들어 낼 수 없고, 감초가 없으면 각종 약재의 독성을 중화시킬 수 없어 사람들에게 좋은 약재를 처방할 수 없듯이 디딤돌의 역할을 하는 그 누군가가 없으면 사람들은 사회에서 안정감을 느끼며 활발하게 살아가기가 어렵게 된다.

이제부터는 이 사회를 위해서, 내 가족을 위해서, 또 누군가를 위해서 볼품없는 디딤돌이 되자. 이것이 자신이 태어나면서 가지고 온 운명적인 본 모습에 충실해지는 것이다. 여기에 자신의 행복이 있고 자신의 존재 가치가 있다. 커피가 탄생한 이후 수많은 종류의 커피가 만들어지고 또 소문도 없이 사라져 갔다. 지금 인기 있는 커피들도 언젠가는 소문도 없이 사라질 것이다. 그러나 에스프레소는 사람들이 커피를 즐겨 마시는 한 이름이 살아 남아 있을 것이다. 디딤돌도 마찬가지다. 어느 한순간 사람들에게 인기 있는 돌이 아니지만, 존재의 가치는 오래도록 사람들의 머릿속에 머물러 있을 것이다.

누구보다 우월한 품새를 가진 사람이 되고 싶어 하지 말자. 자식들의 아버지로서, 친구의 친구로서, 사회의 리더로서 이제 그들의 에스프레소와 감초가 되자. 지금 당신이 되기까지는 그동안 수많은 디딤돌의 사람들이 있었기 때문에 가능했다. 이제는 나 자신이 아닌 그들이 품새 있는 돌이 되게 해 주자.

산㈜ 사람들로부터 인생을 배운다

사람들은 왜 산으로 가는 걸까? 인터넷을 검색해 보면 약 1,500만 명의 사람들이 매월 정기적으로 등산한다고 한다. 2021년 1월 기준 우리나라 총인구는 5,180여만 명이라고 하니 거의 3.5명당 1명이 매월 등산을 하는 셈이다. 물론 등산하러 다니는 사람이 한 달에 한 번만 등산을 가는 것이 아니라 여러 번 가기 때문에 3.5명당 1명이라는 표현은 맞지 않는 측면이 있다. 그런데도 숫자를 인용하는 이유는 그만큼 우리나라 사람들이 등산을 좋아하고 자주 산행한다는 사실을 말하고 싶어서이다.

산을 좋아하는 사람들을 군이 분류해보면 대략 전문 산악인, 등산 마니아(mania), 건강 지킴이의 세 가지로 분류할 수 있을 것 같다. 건강 지킴이로 표현하는 것이 적절한지는 잘 모르겠으나 산을 좋아하는 사람들의 한 분류로 넣는 이유는 나의 경우와 같아서이다. 왜냐하면, 나는 그 많은 산악회에 들어가 있거나, 주말 등산모임에 참가해본 적이 없다. 간혹 등산 마니아들이 자주 찾는 영산을 지인들과 함께 등산하기도 하지만 대부분은 집 가까운 산에 간다. 이유는 건강을 위해서다. 그리고 덤으로 사유하는 시간도 얻는다. 이렇게 가까운 산을 가보면 나같이 등산하는 사람들이 정말 많다. 이런 사람들을 산을 좋아하는 사람들의 분류에 빼놓을 수 없다고 생각한다. 아마 매월 등산하는 약 1,500만 명 중에는 나 같은 사람이 대부분 아닐까 싶다.

2018년 10월의 끝자락에 있는 어느 날 몇몇 지인들과 부부 동반으로 당일치기 지리산 천왕봉 산행을 한 적이 있다. 지리산 인근에 거주하는 지인의 도움으로 근처 숙소에서 1박을 한 후 새벽 4시부터 벽소령, 세석, 장터목, 천왕봉 코스로 약 14시간 산행했다. 오전 산행은 날씨도 좋았고 순탄했다. 그런데 세석을 지나 장터목으로 가는 도중에 갑자기 날씨가 급변했다. 바람이 불고 눈(그해 지리산 첫눈)이 내리기 시작하더니 순간순간 시야가 불과 수 미터 정도로 앞을 가렸다. 고개를 들고 걸을 수 없는 상황이 수시로 닥쳐왔다. 우리 일행은 앞사람의 발치를 겨우 볼 수 있을 정도로 서로 간격을 좁혀 걷기 시작했다. 말 그대로 무념무상의 상태로 몇 시간을 그렇게 걸었다. 그리고 우리 일행은 힘겹게 장터목 휴게소에 도착했다.

우선 함께하고 있는 일행들을 챙겼다. 발바닥 물집 등 가벼운 증상들이 있었지만 남아 있는 산행에는 별 지장이 없는 것 같아서 다행이었다. 그제야 안도의 마음으로 주변을 볼 수 있는 여유가 다소 생겼다. 실내는 많은 사람으로 북적였고 계속해서 도착하는 사람들로 인해 앉아서 쉴 수 있는 공간이 거의 없었다. 그런데 그 좁은 공간 안에는 무언의 질서가 있는 것 같았다. 새로 도착해서 들어오는 사람들에게는 쉬고 있는 사람들이 비록 충분히 휴식을 취하지 않았음에도 불구하고 거의 들어왔던 순서대로 자리를 내어주고 본인들은 실외로 나가거나 서둘러 다음 산행을 위해 길을 나서는 모습이었다. 우리 일행 역시 휴게소에 지친 몸으로 도착하자마자 그렇게 양보 된 작은 공간에 잠시 앉을 기회를 얻었고, 그렇게 잠시 쉬는 동안 지난 몇 시간 힘겹게 올라온 모습이 주마등처럼 떠올랐다. 그런데 그 모습 속에 또렷이 느껴지는 것은, 걷는 동안 마주친 사람들의 행동이었다.

지나쳤던 사람들마다 "수고 많습니다. 안녕하세요. 조심하세요. 먼저 가도 좋으냐" 등등의 인사말을 건넨 모습이었다. 모두가 서로를 걱정하고 배려하고 양보하는 마음, 서로 경쟁하거나 앞서가려고 하지 않는 마음, 지쳐서 느리게 올라가는 사람이 있으면 반드시 양해를 구하고 앞서가는 모습, 간간이 마주치면 힘들게 올라오는 사람을 배려해 내려오는 사람이 길옆으로 멈춰서서 먼저 지나갈 수 있도록 양보하는 모습 등이 휴게소 안의 모습과 너무나 잘 어울리는 한 폭의 아름다운 그림으로 보여서 잠시 힘든 피로를 푸는 청량제가 되었다.

세월이 한참 지난 요즘, 잠시나마 그때의 기억을 떠올리면 괜히 기분이 좋아진다. 그리곤 바로 또 다른 우울한 마음으로 빠져든다. 왜 산의 세계는 현실 사회와 완전히 다른 세상일까? 그곳에는 양보와 배려가 있고 서로를 걱정해 주는 따뜻한 마음들이 있는데 현실 사회에서는 그것을 찾아보기가 어렵다. 왜 그럴까? 잠시 산에서 만난 사람들과 그리고 여기 이 사회에 있는 사람들이 다 똑같은데…

사람들이 이중성을 가진 걸까? 아니면 산이 그 어떤 힘으로 사람들을 그렇게 만드는 것일까? 어찌 되었건 산에서 만난 그런 사람들이 우리 사회에 많이 있으면 좋겠다는 생각이 간절해진다. 비록 천문학적인 숫자의 돈을 사회에 기부하는 사람들이 아니더라도 우리의 주위에 있는 메마른 사람들에게 작은 마음을 내어줄 수 있는 사람들이 많았으면 참 좋겠고, 우리의 사회가 산과 같은 모습, 산과 같은 기능을 할 수 있으면 더욱 좋겠다.

성철 스님의 "산은 산이요, 물은 물이로다"라는 유명한 말씀이 떠오른다. 그 심오한 뜻을 알 수는 없으나 산은 수많은 사람이 매일 밟고 휘젓고 다녀도 성내거나 모습을 바꾸지 않는다. 그 모습 그대로 모두 다 받아들인다. 물 또한 우리 인간들이 흐려 놓거나 모양을 바꾸어 놓아도 늘 그 모습 그대로 다시 맑아진다. 어쩌면 성철 스님은 하루가 멀다고 마음을 획획 바꾸고, 조금의 섭섭함에도 토라지고, 다시 보지 않을 것처럼 욕을 해대는 우리 인간들에게 그렇게 살지 말고 산처럼, 물처럼 살아가라고 일갈 (一喝)하신 건지도 모르겠다. 산속에 있는 한 포기의 풀이나, 잠시 튀겼다가 다시 그 물속으로 잠기는 한 움큼의 물밖에 되지 않는 존재임에도 불구하고 마치 자신이 큰 산인 것처럼, 큰물인 것처럼 착각하고 행동하고 있는 인간들에게 큰 스님이 점잖게 던진 화두 앞에 마음이 숙연해진다.

오늘도 산에서 만나는 사람들로부터 삶을 배운다!!!

03

테스 형과 소크라테스를 생각하다

유명인들이 던진 화두 중 나의 기억 속에 있었던 것들이 트로트 노래를 들으면서 소환되는 경우가 종종 있다. 어느 날 나훈아의 「테스 형」 노래를 들으면서 오래전에 『소크라테스의 변명』을 줄을 치면서 읽었던 문장이 떠올라 다시 그 문장을 찾아보았다. "나는 그보다는 현명하다고, 왜냐하면 그는 아무것도 알지 못하면서 알고 있다고 생각하지만 나는 알지도 못하고 또 안다고 생각하지도 않기 때문입니다. 따라서 알지 못하다는 것을 알고 있다는 점에서 나는 그보다 약간 우월한 것 같았습니다."[8]

문장을 보고 있는 순간에도 「테스 형」의 노랫소리는 들려온다.

어쩌다가 한바탕 턱 빠지게 웃는다
그리고는 아픔을 그 웃음에 묻는다
아 테스 형 세상이 왜 이래 왜 이렇게 힘들어

---

8 플라톤 저, 『소크라테스의 변명』, 황문수 역, 문예출판사, 1999.

2,490여 년 터울(?)인 테스 동생이 형 테스에게 외쳐 묻는다. 왜 세상이 이렇게 힘드냐고, 세상살이의 아픔을 한바탕 웃음에라도 묻혀서 날려버리지 않으면 안 될 정도로 세상이 힘들다고…

형 테스가 살아있었다면 뭐라고 대답해 주었을까? 그 대답을 추론해 보면 '알지도 못하면서 안다고 나대는 사람들이 많아서 그렇다.'라고 답을 하지 않았을까 하는 생각이 든다. 그런데 여기서 '알지도 못하면서 안다고 나대는 사람들'의 대상은 누구일까? 나는 그 대상은 우리 사회 각 조직의 장(長)이고 리더들이라 생각하고, 만약 그 사람들이 잘했다면 현대의 테스 동생들이 2,490여 년 전의 테스 형을 굳이 찾을 필요가 있었을까 싶다. 그런데 우리 사회 각 조직의 장(長)과 리더들이 왜 수많은 테스 동생들을 힘들게 하는 걸까? 그들이 애초에 그런 사람들이었을까? 만약 그렇다면 그런 사람들을 그 위치에 가게 한 수많은 테스 동생들이 잘못한 것이 아닌가? 그 사람들이 그 위치에 가기 전에는 그렇지 않다가 그 위치에 가고 난 후부터 사람이 바뀐 것일까? 그렇다면 테스 동생들의 잘못은 아니지 않은가? 온통 물음표만 생긴다.

우리 사회에서 각 조직의 장(長)이나 사회적 리더들의 모습을 보면 그들이 그전의 모습과는 판이한 모습을 보여주는 경우들이 많다. 이전의 모습은 합리적이고 소통에 전혀 문제가 없는 능력 있는 사람이었음에도 불구하고 장(長)이나 리더가 되면 이상하게도 정반대의 모습으로 돌변하거나 서서히 변해 간다.

특히 변하는 모습 중 대표적인 것은

첫째, 나만 알고 다른 모든 사람은 나만큼 모른다는 오만과

둘째, 조직을 자기 마음내로 힐 수 있다는 오만에 빠져드는 모습이고,

셋째, 조직을 떠난 후에도 떠나기 전의 지위를 그대로 행세하려고 하는 모습이다.

물론 조직의 발전을 위해서는 일부분 리더 자신의 의지대로 끌고 가야 하고, 그동안 자신의 경험과 직관으로 판단하고 결심을 해야 할 경우도 있다. 이것을 부인하는 것은 아니다. 그러나 대부분은 이런 오만으로 인해 리더는 자신이 알고 있는 지식과 경험이 최고인 것처럼 착각하고 조직 내의 모든 의사결정을 혼자만의 생각으로 처리할 수 있다는 자만심과 조직이 자기 개인의 것인 양 마음껏 해 보고 싶은 유혹에 빠지기 쉽고, 또 떠난 후에도 예전의 지위를 그대로 행세하려고 하는 모습을 가진 사람들은 대부분은 더 큰 권력의 위치에 가고자 하는 욕심이 있는 사람들이다. 그러다 보니 재직 시 능력과 무관하게 자신의 심복을 승진시키고 요직에 심는 등 무리한 인사를 자행하게 되는 경우가 많다.

문제는 조직의 장(長)이나 사회적 리더들이 가지는 오만과 더 큰 위상에 대한 욕심의 뒤에는 조직의 발전을 위하기보다는 개인의 야망을 채우기 위한 사심(私心)이 더 많이 들어간다는 것이다. 조직의 長이나 리더들이 사심을 갖게 되면,

첫째, 조직원들을 조직 발전을 위해 함께 가야 할 대상으로 보지 않고 자신의 사심을 채우기 위한 수단으로 생각하는 경향이 많다. 그래서 조직원들은 무조건 자기 생각과 의도에 맞춰 일해야 하고 그렇지 않으면 능력이 없고, 자신을 불편하게 만드는 존재로 평가 절하하게 된다. 그러니 합리적인 결심이 될 이유가 없고 나오는 정책마다 세상을 힘들게 하는 정책들만 나온다.

둘째, 주어진 권한은 마음껏 사용하고 책임은 지지 않는 경향이다. 조직의 최고 계급인 장(長)에게는 많은 명예와 권한, 책임이 부여된다. 얼핏 생각해도 권한에는 인사권, 주요 정책이나 사업 등에 대한 의사결정권, 조직의 운영권 및 관리권 등이 있을 수 있고, 책임에는 조직의 비전제시 및 발전, 목표 달성, 소속 조직원들의 복지 등이 있을 수 있다. 조직원들의 입장에서는 생사여탈 그 자체다. 장(長)이 행사하는 하나하나에 조직원과 그의 가족들의 삶의 방향이 결정될 수 있고 삶의 질이 올랐다 내렸다 할수 있다. 또 조직의 발전을 꾀할 수 있고 부진 속에 빠지게 하여 종국에는 사라지게 할 수도 있다. 이렇듯 막강한 권한을 행사하는 것만큼 그에 따른 책임을 질 줄 알아야 하는데 우리가 보는

장(長)들의 모습은 실망스럽게도 그렇지 않다. 책임을 질 생각이 아예 없으니까 오히려 권한을 두려움 없이 마음대로 쓰기까지 한다.

이처럼 우리 사회 대부분의 각 조직의 장(長)과 리더들을 보면 책임에는 관심이 없고 명예와 권한에만 관심이 있는 모습들이다. 이런 모습은 오늘의 모습만은 아니라고 생각한다. 옛말에 '제사엔 관심 없고 젯밥에만 관심이 있다'라는 것을 보면 우리의 선조 때에도 이런 부류의 사람들이 있었다는 것은 지금의 우리에게 권한 행사와 무책임의 DNA가 배어있는지도 모른다. 어떻게 보면 권한은 어떤 사람이라도 언제든지 연습 없이 사용할 수 있지만, 책임은 평소에 준비되어 있지 않으면 쓸 수 없는 것처럼 우리들의 교육이나 사회적 체계가 어렸을 적부터 책임을 지는 행동에 등한시하거나 애써 외면한 행태 때문이라는 생각이 든다.

현대는 지식이 넘쳐나는 홍수 시대이다. 인터넷에 들어가 보면 온갖 지식이 넘쳐난다. 인터넷뿐만이 아니라 온갖 지식이 담겨있는 각종 서적도 쉽게 접할 수 있는 것이 현대 사회이다. 가히 지식의 홍수라 아니할 수가 없다. 일반적인 상식부터 전문지식까지 넘쳐난다. 이런 상황들을 접할 때마다 자신이 아는 지식은 조족지혈임을 금방 실감케 한다. 그런데도 지금 우리 사회 대부분의 장(長)들과 리더들은 마치 세상의 모든 것을 다 아는 것처럼, 또 책임은 안중에도 없이 권한만 믿고 겁 없이 나대고 있다. 그들이 나대는 만큼 세상은 어지럽게 되는 걸 모르는 건지, 알면서도 아랑곳하지 않는 건지 모르겠다. 특히 이런 사람들이 일반 민초들의 삶에 영향을 미치는 정책들을 만들어 내는 힘 있는 부서나 위치에 있다는 것이 2,490여 년이 지난 지금 많은 사람들이 세상이 왜 이래, 왜 이렇게 힘들어! 하고 목 놓아 테스 형을 부르는 이유가 아니겠나 싶다.

04

트로트 경연(競演)을 보며 세상을 엿보다

우리의 사회는 경쟁사회이고 하루하루 치열한 경쟁 속에서 산다. 누구도 경쟁에선 자유로울 수 없다. 그래서 우리의 삶 자체는 경쟁으로 점철되어 있고 경쟁을 통해 국가가 발전하고 조직이 성장하며, 개인은 이러한 수많은 경쟁 속에서 승자가 되기도 하고 패자가 되기도 하면서 성숙해져 간다.

역사는 우리에게 영원한 승자도 없고 영원한 패자도 없다고 말하지만, 우리 사회는 이기고 지는 것이 너무 극명하고 민감하다. 왜 우리 사회는 이기고 지는데 이토록 민감할까? 왜 승자는 그토록 기고만장하고 패자는 마음에 깊은 상처를 받을까? 경쟁하면서 자신이 성숙해지기는커녕 좌절하면서, 이 사회를 떠나고 싶다는 테스의 동생들이 왜 생기는 걸까?

외국 어느 신문의 기사처럼 패자는 승자에게 축하와 박수를 보내고 승자는 패자에게 진심과 배려가 담긴 마음을 보여주는 모습이 우리 사회에는 왜 보이지 않는 걸까? 그것은 아마 두 가지의 이유에서일 것이라는 생각이 든다. 첫 번째는 경쟁에서 개개인이 불순한 마음을 갖고 이리저리 행동하는 모습과 두 번째는 평평하지 않고 울퉁불퉁한 경쟁의 장(場) 때문일 것이다.

경쟁에서 가지는 우리 마음의 대부분은 이기는 것만이 최선이고 이기면 모든 것이 끝난다고 생각한다. 경쟁자는 무조건 눌러야 하는 대상이라고 생각할 뿐 경쟁 후 이 사회를, 이 조직을 함께 만들고 같이 살아가야 하는 대상으로 생각하지 않는다. 그래서 이기기 위해 모든 수단과 방법을 동원한다. 하물며 상대방에 대한 비방과 모함도 서슴지 않는다. 이렇다 보니 경쟁 후 승자는 승자대로 패자는 패자대로 남는 건 치유되기 어려운 마음의 상처와 갈등뿐이다.

이런 마음을 가진 사람들이 경쟁하는 장 또한 반듯할 수가 없다. 어떻게든 아빠 찬스, 엄마 찬스를 이용하려고 하고, 온갖 뇌물을 서슴지 않고 주고받고, 권력을 당연한 것처럼 사유화하여 경쟁의 장에 갖다 놓으려 한다. 우리 사회가 금수저, 인맥, 뇌물수수 등의 단어에 대해 무기력해져 있는 것도 우리 사회에 경쟁의 장이 얼마나 울퉁불퉁한지를 잘 반증해 주고 있는 것이 아니겠는가!

그런데 이와는 정반대의 상황이 벌어지는 놀라운 곳이 있다. 불평등, 불공정, 부정의가 판을 치고 있는 우리 사회의 경쟁 모습을 보면 도저히 잉태될 수 없음에도 불구하고 이런 경쟁의 모습이 있다니 놀라울 뿐이다. 그곳은 바로 최근에 많은 인기를 끌고 있는 트로트 경연장이다. 시청률이 높다 보니 여러 방송사에서 이름을 달리하여 트로트 경연 프로그램을 경쟁적으로 진행하고 있다. 또 트로트는 아니지만 타 장르로 경연을 진행하고 있는 프로그램도 있다. '복면가왕', '내일은 국민가수' 등이다. 특히 '미스터트롯'과 '미스트롯', '내일은 국민가수' 경연은 참여하는 경쟁자들의 준비 과정을 처음부터 끝까지 적나라하게 보여주었다.

나는 이런 노래 경연을 보면서 우리 경쟁사회의 모습과 비교해 보는 기회를 얻었고 그래서 중요한 사실 하나를 알게 되었다. 그것은 다름 아니라 트로트 경연에서는 경연 후 경쟁자 간의 관계가 더욱 끈끈해진다는 것이다. 적어도 나의 눈에는 그렇게 보였다. 경쟁 후 경쟁자 간 원수가 되는 우리 사회의 모습과는 정반대의 모습이다. 왜 그럴까? 비슷한 사람들이 함께 살아가는 사회에서 치러지는 경쟁의 결과가 어떻게 이렇게 상반되게 연출될 수 있는 것일까?

우리 사회의 경쟁 모습과 트로트 경연의 모습 속에는 분명히 두 가지의 다른 면모는 있어 보였다. 첫째는 경연에 참여하는 모든 사람에게 주어지는 여건이 동등하다는 것이다. 경쟁을 준비하는 사람들에게 주어지는 각종 공간, 시설, 도구, 지원인력 등이 공평했다. 즉 경쟁의 장(場)이 누구에게 유, 불리하게 작동하지 않고 동등하다는 것이다. 단지 주어진 여건을 어떻게 활용하느냐 하는 것은 개개인의 선택과 능력에 달려있었다. 둘째는 그 속에서는 오직 경쟁자들의 열정과 재능만이 있었다. 소위 경쟁 사회에서 대두 되는 금수저, 인맥, 뇌물, 부정청탁 등이 보이지 않았다. 경연에 적용된 심사 시스템이 누구를 봐주는 뒷배의 힘이 작동되지 않게 되어 있었다. 적어도 나는 그렇게 느꼈다.

그래서인지는 몰라도 경연의 결과에 대해 불평, 불만이 없어 보인다. 경연 참가자, 심사와 평가에 참여한 마스터와 평가자, 그리고 경연을 시청한 모든 국민이 만족한다. 경연이 진행될수록 대략 순위를 점칠 수 있을 정도로 과정이 공평하고 투명했으니 충분히 그럴만하다. 특히, 경연에 참여한 경쟁자들은 경연을 통해 서로의 노력과 능력에 대해 누구보다도 잘 이해해 가는 기회를 얻게 되었고 그들도 경쟁자 중 누가 우승 후보자의 자격이 있는지 충분히 느끼는 것 같았다. 무엇보다도 경연에 참여한 경쟁자 각자가 자신이 가진 모든 열정을 아낌없이 쏟아부었고 또 경쟁자들의 그런 모습을 직접 옆에서 보았다. 경쟁 결과도 오직 실력으로만 나타나고 거기에 대해 조금의 불만도 없어 보였다. 따라서 트로트 경연에서는 패배자가 없고 모두가 승리자로 보였다. 단지 등수만 있을 뿐이었다. 그들 모두가 서로의 노력에 대해 찬사를 보냈고, 또 이를 지켜본 수많은 사람들도 그들의 노력과 열정, 수고에 아낌없는 박수와 격려를 보내는 모습뿐이었다.

이런 트로트 경연의 모습이 우리 사회가 지향해야 할 경쟁의 모습이 아닐까 싶다. 아니 이런 모습이면 좋겠다!!!

05

너, 괜찮아?

어느 날 'M-KISS'라는 인터넷 교육 프로그램 속에 있는 삼매 경을 들은 적이 있다. 제목은 '당신은 괜찮은가요?'라는 거였다. 청취한 내용 중에는 프랑스 최고의 요리사가 된 2명의 인생 여정에 관한 내용이 있었다.

프랑스에서 유명한 레스토랑을 운영하면서 또 본인이 직접 셰프였던 베르나르 르와조는 권위 있는 식당 안내서인 '미쉐린 가이드'에서 당시 요리사들의 꿈이었던 최고 등급 별 3개를 획득하고 유명세를 누리게 된다. 그러나 그 후 유명세 뒤에 따라온 매년 시행되고 언제 평가되는지도 모르는 전문가들의 평가로부터 받는 고통과 불안으로 인해 결국은 자살하게 된다. 또 다른 한 명은 르와조처럼 별 3개를 획득한 유명한 셰프였던 세바스티앙 브라는 '미쉐린 가이드'로부터 19년간 받아온 별 3개를 반납하게 된다. 당시 "셰프들의 삶 전부가 되어 버린 별 3개, 별을 포기하지 못한 한 명은 자신을 버렸고, 다른 한 명은 자신을 지키기 위하여 별을 버렸다."라는 내용이었다.

그 내용을 들으면서 갑자기 그럼 나는? 이라는 의문이 불현듯
생겼다. 나 자신에게 물었다.

나 :　　　너 괜찮아?

나 자신 : 뭘?

나 :　　　뭐긴 뭐야! 지금 괜찮으냐고 묻고 있잖아.

나 자신 : 별걸 다 물어보네. 괜찮지 그럼. 가진 것도 많이 없고 그
　　　　나마도 이제 다 내려놓고 있는데…

그런데 기분이 묘했다. 정말 지금 내가 괜찮은 걸까? 머릿속이
명쾌하지 않다. 내가 정말 괜찮은 건지, 문제가 있는 건지 잘 모
르겠다. 나 자신도 잘 모르겠다. 나 자신에게 물은 것이 그동안
내가 가져온 사회적 지위와 그와 연관하여 지금도 뭔가 물질적,
정신적으로 더 가지려고 하는 마음인지, 아니면 나와 내 가족들
의 건강? 뭐 이런 소소하면서 행복한 것들인지 잘 모르겠다. 분
명한 것은 지금 이 순간만은 나도 내 마음을 잘 모르겠다는 것이
다. 내려놓지 못하고 뭔가 더 얻으려고 하는 욕망이 마음 한편에
여전히 남아 있어서 그런가? 하는 생각이 든다.

　마음이 심란해진다. 그동안 나 자신에게 수시로 다짐해왔고 주
변에 있는 사람들이 안부를 물어올 때는 이제 모든 것을 내려놓
았다고 말해 왔는데 지금 이게 뭐야? 내가 나를 속이고 있는 건
가 하는 느낌이 들어 스스로 당황스럽다. 사람이 욕심을 다 내려

놓는다는 것이 이렇게 어렵나 하고 새삼 놀랍다.

'정말 다 내려놓을 수는 없는 것일까?'라는 생각에 잠시 잠겨 있는데 시인 '고은'의 '*내려갈 때 보았네, 올라갈 때 보지 못한 그 꽃*'9 시 구절이 아련히 떠오른다. 왜 내려갈 때 보인 그 꽃이 올라갈 때는 보이지 않았을까? 내려갈 때보다 오히려 올라갈 때가 주위가 더 잘 보이지 않을까 싶다. 내려갈 때는 길이 미끄러워 길에 집중하게 되면서 주위에 신경 쓸 여유가 없을 듯한데, 평범한 것 같으면서도 심오한 인생 경험이 담긴 말인 것 같다는 느낌이 새삼 든다.

인간은 '오욕칠정(五慾七情)의 동물'이다. 나의 짧은 식견으로는 인간의 모든 행위의 동기가 이 다섯 가지 욕심의 범위를 벗어나는 예를 설명해 낼 수 없다. 그렇다면 올라갈 때는 정상에 올라야 한다는 욕심 때문에 오직 정상이 머릿속에 가득 차 있어 주위에 있는 꽃을 보지 못한 것이고 내려올 때 꽃이 보이는 이유는 정상을 가졌으니까 이제는 마음이 편해졌고 그래서 정상을 버리니까 꽃이 보인 것일까?

그렇다면 어떤 분야이든 정상에 올랐던 사람은 모든 것을 다

---

9   고은 저, 『순간의 꽃 중 '그 꽃'』, 문학동네, 2001.

내려놓을 수 있다는 것인가? 아무리 내려놓으려고 애를 써도 잘 되지 않는 사람은 정상을 한번 가보지 못했기 때문에 그런 것인가? 아닌 것 같다는 생각이 든다. 주위에서 벌어지는 사회적 문제에 관심을 가져 보면 금방 아니란 사실이 입증된다. 사람 대부분은 올라갈 때나 내려올 때나 주위의 아름다운 꽃을 마음으로 보지 못한다고 강변하고 싶다.

고대 그리스의 철학자 아리스토텔레스(AD384~322)는 "인간은 사회적 동물이다."라고 했다. 현생 인류는 탄생하면서부터 강자가 득실거리는 자연에서 살아남기 위해 자연히 무리를 지어 생활하기 시작하였다. 비록, 현생 인류뿐만이 아니라 그 이전에 지구상에 존재했던 원시 인원을 포함하여 모든 동물 종들에게는 종이 생기면서부터 생존을 위해 무리를 지어 살아가야 했고 이 것으로부터 자연히 군생(群生)의 DNA가 형성되었다고 본다. 어쩌면 아리스토텔레스가 말한 인간만이 사회적 동물이 아니라 지구상의 모든 생물체가 생명을 유지하고, 종의 번식을 위해 군생의 DNA 즉 사회성을 가지고 있다고 보는 것이 맞을지도 모른다. 이처럼 우리 인간은 선천적 사회성을 가지고 태어났고, 조직 속에서 또 타인과의 관계 속에서만 살아갈 수 있는 유전적 DNA를 갖고 있다. 다시 말하면 인간은 혼자서는 삶을 영위하기가 어렵다는 것이다.

사회적 DNA는 비교적(比較的) DNA와 다름없다. 자신을 기준으로 모든 것의 비교에서 시작된다. 생존의 DNA는 상대가 나보다 강자인가, 약자인가 비교하여 도망갈 것인가 취할 것인가를 결심한다. 사회성의 DNA도 마찬가지이다. 나보다 지위가 높은가, 낮은가, 지식이 많은가, 적은가, 잘 생겼는가, 못생겼는가 등 자신의 삶의 모든 것이 비교에서 시작되고 끝난다 해도 과언이 아니다. 어쩌면 우리 인간이 지구상 그 어떤 동물보다 빨리 진화할 수 있었던 것도 바로 이 비교적 DNA 때문이 아닌가 싶다.

인간을 '오욕칠정(五慾七情)의 동물'이라고 한 것과 철학자 아리스토텔레스가 "인간은 사회적 동물이다."라고 한 것을 두고 보면, 사람들은 살아오면서 하나둘 가진 것들을 절대 전부 내려놓을 수 없다는 것을 확신하게 된다. 혹자들은 쉽게 모든 것을 내려놓자고 한다. 그래야 마음의 여유가 생기고 행복을 느낄 수 있다고, 또 혹자들은 '나는 이제 다 내려놓았다'라고 쉽게 말하곤 한다. 그러나 그렇게 될 수 없다고 단언하고 싶다. 간단히 부연 설명하면 우리가 살아가는 것 자체가 조금이라도 욕망이 있는 것이 아닌가? 그것이 없다면 살아간다는 힘이 생길 수 있나, 정말 없다면 삶을 포기한다는 것과 같지 않은가? 성직자도 뭔가 이루려고 하는 것을 가지고 있을 것이다. 단지 그것이 물질적인 것이 아니라 중생들을 위한 것일지라도…
이처럼 삶 속에는 정신적인 것이 되었건 물질적인 것이 되었건 하고자 하는 욕심이 반드시 있는 것이고 그 욕심이란 것은 절대 내려놓을 수 없다는 것이다.

그럼 우리는 어떻게 내려놓아야 할까?

첫째는 그릇의 이치를 알아야 한다. 사람은 태어나면서 자기 '그릇'을 가지고 태어난다고 한다. 살아가면서 그 그릇 속에 부와 명예, 지위, 건강, 행복 등 온갖 것을 담는다. 그것이 어느 순간 그 사람의 위상이 되고 얼굴이 되고 삶의 결과들이 된다. 어떤 사람은 일평생 동안 넘치지도 않고 부족하지도 않게 빈틈없이 잘 채워 넣는 사람이 있는가 하면, 어떤 사람은 넘쳐나게 넣는 사람도 있고, 다 채우지 못하는 사람도 있다. 자기의 그릇은 자신이 살아가면서 필요한 모든 것을 담지 못할 정도로 작지도 않고, 그렇다고 필요하지도 않고 올바르지도 않은 것을 모두 넣을 수 있을 만큼 크지도 않다. 올바르게 노력해서 얻은 것을 담는 것이라면 아무리 담아도 넘치지 않을 것이다.

우리가 올라갈 때는 자신의 그릇에 담을 수 있는 양을 스스로 판단하며 가야 한다. 판단이 어려울 수 있다. 이럴 때는 자신에게 '너 괜찮아?'라고 물어라. 괜찮다고 쉽게 답이 나오지 않으면 자신의 그릇에 담지 말아야 할 것을 담고 있거나 그릇의 용량을 넘어 너무 많은 것을 담고 있어서 넘친다는 것을 깨달아야 한다. 모든 것을 다 내려놓는 것이 아니라 넘쳐나는 것만 내려놓으라는 것이다. 이것을 깨닫는 것이 내려놓음의 첫걸음이라고 생각한다.

둘째는 욕심에는 과욕(過慾)과 과욕(寡慾)이 있다고 했다. 과욕(過慾)은 지나친 욕심이고 잘못된 욕심이다. 우리 사회가 정의해 놓은 기준과 절차를 넘나드는 옳지 못한 욕심이다. 반면에 과욕(寡慾)은 적당한 욕심이다. 많은 것을 탐하지 않는 욕심이고 자신이 노력한 대가만큼 얻으려고 하는 욕심이다. 자기 자신이라는 상품의 가치를 높이게 하는 반듯한 욕심이다. 나는 어떤 것을 가지려고 할 때 과욕(過慾)이 아니라 과욕(寡慾)의 마음을 가질 때, 내려놓을 수 있는 것으로 생각한다.

자기의 그릇이 넘쳐나는 것을 깨달을 수 있는 마음과 과욕(寡慾)의 마음을 가질 때 이제 내려놓았다고 말할 수 있다고 생각한다. 이것을 행(行)하기 위해서는 자신에게 수시로 '너, 괜찮아?'라고 물어라. 자신에게 이것을 묻는 사람은 내려놓을 수 있는 사람이고 묻지 않는 사람은 내려놓는다는 것이 빈말이고 자신을 속이고 있는 사람이다.

06

걱정? 생산적으로 해라

틈틈이 동네 도서관에서 책을 빌려보곤 한다. 제법 많은 책이 소장되어 있고 인기 있는 신간 서적도 제때 비치해 놓는 터라 읽어보고 싶은 책은 직접 구매하지 않고 도서관에서 빌려서 읽는다. 꼭 소장하고 싶은 책은 구매하지만 가볍게 한번 읽어보고 싶은 책은 도서관을 이용하는 편이다.

어느 날 『사는데 정답이 어딨어』라는 책을 빌려 읽었다. 책의 주요 내용은 살아가면서 유명인들의 명언을 읽고 그중에 마음을 울린 글을 메모해 두었다가 한참이 지난 후에 메모한 글을 회상하면서 자신(저자)의 생각을 쓴 책이었다. 우리는 모두 어떤 글을 읽다가 특별히 마음에 와닿는 느낌을 받은 적이 있을 것이다. 마음에 와닿는다는 것은 공감의 심리적 상태이다. 즉 앞선 세대를 살아갔거나 동시대를 사는 저자의 마음과 나의 마음이 어떤 한 상황을 두고 느끼는 감정이 같았거나 비슷하다는 것이다. 아마 이런 상태는 한두 사람만이 아니라 꽤 많은 사람이 여기에 같이 할 수도 있을 것이다.

내가 오늘 이 글을 쓰는 이유는 위의 책을 읽으면서 그중 몇 개의 명언이 마음에 깊이 와닿은 것이 있었고 그것이 잠시나마 나에게 지나온 나의 삶을 다시 한 번 되돌아보게 하는 것이 있어서다.

책 속에 나의 마음을 건드린 명언을 소개하면

① "네가 갖지 못한 것을 갈구하느라 네가 가진 것마저 망치지 마라. 기억하라, 지금 가진 것도 한때는 네가 꿈꾸기만 하던 것임을."_에피쿠르스

② "현재를 살아야 한다. 모든 파도에 몸을 실어라. 매 순간에서 영원을 발견하라. 바보들은 자신에게 주어진 기회의 섬에 서서는 육지 쪽만 바라본다. 육지 같은 건 없다. 이 삶 말고 다른 삶은 없다."_헨리 데이비드 소로

③ "우울해하거나 오랫동안 걱정한다고 해서 과거나 미래의 사건이 바뀐다고 믿는다면, 당신은 현실 체계가 전혀 다른 어느 외계행성에 살고 있는 것이다."_윌리엄 제임스

④ "내 삶의 대부분은 일어난 적도 없는 끔찍한 불운으로 가득 차 있었다."_미셸 드 몽테뉴[10] 라는 글귀였다.

---

10 대니얼 클라인 저, 『사는데 정답이 어딨어』, 김현철 역, 더퀘스트, 2017.

네 개의 글 중에 첫 번째와 두 번째는 우리의 삶은 과거나 미래가 아닌 현재가 중요하다는 것을 강조하는 것이고, 세 번째와 네 번째는 살아가면서 우리가 하는 걱정은 대부분 쓸데없는 것이라는 것을 말하고 있다.

왜 하필이면 위 글귀가 나의 마음을 흔들었을까?

아마 지나온 나의 삶은 나 자신이 아무리 아니라고 부정하더라도 현재보다는 늘 미래에 대한 막연한 욕망으로 가득 차 있었고, 대부분 이루어지지 않았던 그 욕망으로 인해 늘 후회와 아쉬움, 그리고 쓸데없는 걱정을 가슴에 안고 살아왔던 것 같다. 이제 많은 시간이 지난 지금 위의 글귀들을 읽으면서 자연히 과거의 기억들이 떠올랐고, 지금 생각해 보면 운명적이었거나 현실적으로 결코 실현될 수 없었던 그때의 욕망으로 인해 정말 부질없는 고민과 걱정들을 많이 했었다는 공감이 생기면서 위 글귀들이 나의 마음에 깊숙하게 들어온 것 같다.

차제에 잠깐 지나온 삶을 회상해 보면 정말 걱정을 많이 하긴 한 것 같다. 승진, 보직, 결혼, 아이들의 성장, 돈, 업무, 건강 등등 하루도 걱정하지 않고 보낸 날이 거의 없었다. 그런데 이상한 것은 지난날 했던 걱정들 대부분은 쓸데없는 것이었다는 걸 말하려고 하는 이 순간에도 나는 이런저런 걱정을 또 하고 있다는 것이다. 지난날 했던 걱정과 지금 하는 걱정은 그 깊이와 양의 차이는 있지만 정말 나 자신도 이해가 잘되지 않는다. 지금 하는 이 걱정은 쓸데없는 걱정이라고 스스로 되새기고 있는데도 불구하고 새로운 쓸데없는 걱정들이 속속 머릿속에 생기고 있으니 말이다.

나만 쓸데없는 걱정을 하는 것일까? 다른 사람들은 걱정을 안 하고 사는 걸까? 나의 성격 때문일까? 아니면 나의 욕심 때문일까? 아니면 인간이면 누구나 할 수밖에 없는 타고난 DNA 문제일까? 자괴감이 들면서 여러 가지 생각이 겹친다.

걱정은 할 수밖에 없는 것인가?

구글 위키백과에 의하면 걱정은 여러 가지로 마음이 쓰이는 감정을 의미하며, 불안의 일종으로 볼 수도 있다고 정의되어 있으며, 불확실한 미래에 대처하는 효과적인 문제 해결 과정에서 발현하는 감정 상태를 지칭하기도 한다고 되어 있다. 이를 나름대로 한마디로 해석하면 걱정은 불확실한 미래를 생각하는 것 때문에 생기는 마음의 불안함이라 할 수 있겠다.

그러면 걱정을 없애기 위해 원천적으로 생각하지 않으면 되지 않을까 하는 의문이 든다. 하지만 인간은 신체 구조적으로 생각을 관장하는 뇌(대뇌)를 갖고 있어서 싫은 생각이든 좋은 생각이든, 많은 생각이든 적은 생각이든 생각을 하지 않을 수 없다고 한다. 즉 정상적인 인간이라면 본인의 의지와는 상관없이 대상이 어떤 것이 되었건 생각을 할 수밖에 없다는 것이다. 하물며 인간과 같은 영장류에 속하고 비슷한 대뇌 구조를 가진 오랑우탄, 침팬지 등의 동물들도 생각의 너비와 깊이가 다를 뿐 생각을 한다는 것은 마찬가지다. 한술 더 떠서 철학자 데카르트는 "나는 생각한다, 고로 나는 존재한다."라는 철학적 명제를 남겼다. 달리 표현하면 생각하기 때문에 인간이지, 생각하지 않으면 인간이라 할 수 없다는 것이다. 물론 데카르트가 말한 생각이라는 개념은 평범한 우리가 생각하는 생각의 개념과는 다소 차이가 있겠지만 어쨌든 인간은 타고난 신체 구조적으로나 사회 구조적으로나 생각하는 것을 피할 수 없는 것은 분명하다.

그런데 생각을 하게 되면 왜 걱정이라는 것이 생기는 걸까? 걱정이 생기지 않게 할 수는 없는 걸까? 인터넷 구글 위키백과에는 생각의 과학적 정의를 설명하는 부분에 "생각을 과학적으로 설명하면 큰 범위에서 의식이라고 할 수 있다."라고 하면서 "인간은 매 순간 외부 자극을 처리하여 생존에 중요한 정보를 기억에 저장한다. 저장된 기억을 불러내어 새로운 입력에 대응할 때 과거라는 의식이 생긴다. 그리고 과거의 정보가 쌓여 이루어진 상태가 현재이다. 현재의 자극 입력을 뇌가 처리한다는 것은 과거의 기억을 현재와 대조한다는 것이고, 이는 바로 다음 순간이 어떻게 전개될 것인지 무의식적으로 인식하는 것이다. 고차의식으로 가며 언어를 매개로 기억이 생성되면서 하나의 장면이 담긴 스냅 사진들을 연결하여 드라마를 만든 결과 과거, 현재, 미래가 형성되고 그 과정에서 자아의식이 생기게 되고 생각을 할 수 있게 된다."라고 설명되어 있다. 여기에서 보듯이 생각 속에는 과거, 현재, 미래가 어쩔 수 없이 연결되어 있고 걱정의 정의에서 보았듯이 그 미래라는 것 때문에 인간의 생각 속에는 걱정이 들어 있을 수밖에 없고, 생각하게 되면 자동으로 미래에 관한 생각과 함께 걱정할 수밖에 없다고 이해하게 된다.

그렇다면 걱정을 삶에 도움이 되는 방향으로 할 수 없을까?

인간이면 할 수밖에 없는 생각 속에 함께 있는 걱정을 좀 더 줄일 수는 없을까? 어쩔 수 없다면 삶에 도움이 되도록 생산적으로 걱정할 수는 없을까? 하는 생각이 떠올랐고, 자신의 삶의 질을 한 단계 높이기 위해서라도 필요할 것 같다는 생각이 강하게 들었다. 그래서 이제는 지나온 나의 삶의 흔적에서 그 답을 찾아보려 한다.

나는 그동안 얼마나 많은 걱정을 했을까? 전문가들에 의하면 사람은 하루에 수만 번 걱정한다고 하니 그동안 살아오면서 해 온 걱정은 아마 수천억 번 이상은 되지 않을까 싶다. 하여튼 그 숫자는 정확히 알 수 없지만 매일 매일 걱정을 안고 살았던 것만은 확실하다. 기억을 더듬어서 그때 했던 걱정들을 분류해보면 승진, 직장생활 등 나 자신에 관한 걱정이 약 90%, 가족과 친척에 대한 걱정이 7~8% 그리고 친구와 지인 등 사회관계인에 대한 걱정이 2~3% 정도였다고 생각된다. 그리고 나에 대한 걱정 중에는 걱정한 보람이 있는 것이 약 10%이고 아무 보람이 없는, 즉 쓸데없는 걱정이 90% 이상이지 않았나 싶다. 그리고 가족, 친척, 친구, 지인 등에 대한 10% 정도의 걱정은 살아가면서 맺은 인간관계 속에서 그것이 쓸모 있는 걱정이 되었건 또는 형식적이고 쓸모없는 걱정이 되었건 당연히 가져야 할 인간적 도리에 해당하는 부분이라고 생각이 되고 해야 할 몫이라고 생각한다.

여기서 말하고자 하는 것은 나에 대한 걱정이다. 위에서 언급한 것처럼 나에 대한 걱정 중 10%는 보람이 있는 것이었다고 했다. 그것은 걱정함으로써 사전에 대비할 수 있는 일들을 할 수 있었고 실제 지나오면서 유용하게 사용됐다는 것을 그때마다 느낄 수 있었다. 만약 걱정하지 않고 그래서 준비하지 않았다면 나의 삶에 좋지 않은 결과들을 초래할 수 있는 상황들이 분명히 있었다. 나머지 90%를 쓸모없는 걱정이라고 한 것은 일어날 것이라고 걱정을 한 상황들이 전혀 일어나지 않았고 지나서 생각을 해봐도 일어날 수도 없었던 상황들이었다. 정말 쓸데없는 걱정을 한 것이다.

그런데 왜 그런 쓸데없는 걱정을 한 걸까?
어쩔 수 없이 했던 걱정이라면 다소나마 생산적이고 쓸모 있는 걱정들을 많이 하고 쓸모없는 걱정들을 줄일 수는 없었을까? 지금에서야 곰곰이 생각해 보면 걱정이 발현된 원인으로는 욕심 때문이 아니었나 하는 생각이 든다. 즉 미래에 대한 욕심의 부산 물이 걱정이었던 셈이다. 그렇다면 미래에 대한 욕심을 줄이면 걱정을 덜 하게 되고 쓸데없는 걱정을 줄일 수 있었을까? 단연코 나의 답은 그렇다! 이다. 이런 문제에 대해 평범한 우리보다 훨 씬 많은 고민을 한 철학자 에피쿠르스가 한 말 *"갖지 못한 것을 갈구하느라 가진 것마저 망치지 마라. 지금 가진 것도 한때는 네 가 꿈꾸기만 했던 것이다."*라고 했다. 다시 말하면 갖지 못한 것 을 갈구하면 그만큼 걱정이 많아지고 한때 꿈꾸었던 것을 지금 가지고 있다는 것을 생각하면 걱정이 적어진다는 것이다. 이처 럼 나의 경험과 에피쿠르스가 한 말을 종합하면 욕심의 과·소 가 걱정의 많고 적음을 결정하는 것이라고 말하고 싶다.

그럼 걱정을 줄일 수 있는 삶의 방법과 또 어쩔 수 없이 해야 만 하는 걱정을 어떻게 하면 생산적으로 할 수 있을까?

첫째, 걱정을 줄일 방법은 욕심을 줄이는 것이다. 욕심에는 과 욕(過慾)과 과욕(寡慾)이 있다고 했다. 무조건 욕심을 줄이자는 것 이 아니라 욕심을 가지 돼 과욕(過慾)이 아니라 과욕(寡慾)을 가지 자는 것이다. 그러면 걱정을 현저히 줄일 수 있고 자신의 삶의 질이 올라간다고 확신하고 싶다.

둘째, 걱정을 생산적으로 하는 것이다. 『쓸데없는 걱정 따위』

에서 걱정은 "확률이 높든 낮든 간에 불행한 일이 일어날지 아닐지 몰라서 하게 되고 이것이 걱정의 본질"[11]이라고 했다. 걱정을 걱정으로만 처리하려고 하면 불행한 일이 일어날 수 있다는 불안이 생길 수밖에 없다. 따라서 걱정하는 마음에서 생길 수밖에 없는 불안을 최소화하기 위해서는 걱정을 준비하는 마음으로 승화시킬 필요가 있다. 준비하는 마음속에는 불안보다는 자신감이 생길 수 있다. 비록 그 상황이 일어나지 않는다고 하더라도 말이다.

결국, 사람은 걱정과 더불어 살아간다. 어떻게 보면 걱정이라는 것은 사람을 숙주로 삼고 이 세상에 기생하는 엄연한 바이러스의 한 종류라고 감히 말할 수 있다. 사람에게 기생하는 일반 바이러스는 세포 속에 기생하고, 사람들은 이런 바이러스의 위협에서 벗어나기 위해 백신과 치료제를 개발한다. 반면에 걱정의 바이러스는 사람의 세포 속에 기생하는 것이 아니라 사람의 마음속에 기생하고 걱정의 바이러스가 너무 과하게 되면 우울증이라는 질병을 앓게 된다. 마음속에 기생하는 걱정의 바이러스를 죽이기 위해서는 지나친 욕심을 내려놓고 마음을 가볍게 해야 한다.

---

11   시미자키 칸 저, 「쓸데없는 걱정 따위」, 전선영 역, 한빛비즈, 2016.

우리가 했던 수많은 걱정 중 대부분은 쓸데없는 걱정이었다. 만약 시간이 되돌려진다면 그때 했던 쓸데없는 걱정은 하지 않을 수 있을까?

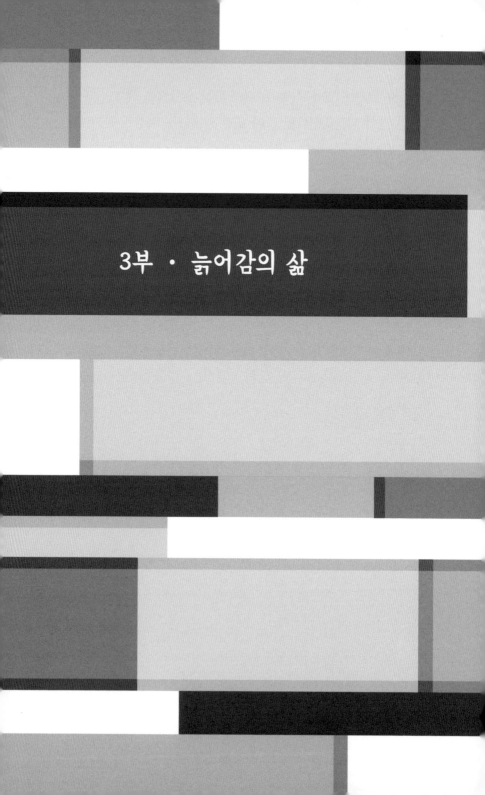

3부 · 늙어감의 삶

인생의 황금기는 그저 오는 것이 아니라 스스로 노력하지 않으면 오지 않는다. 자신의 인생 황금기를 만들기 위해서는 자신의 눈높이를 조정해야 하고, 자신이 타고난 운을 잘 읽어야 한다.

삶의 뒤를 돌아보면 자신의 정체성과 본 모습이 보이고, 삶의 앞을 보면 자신의 허상만 보인다.

어쩌면 신이 인간을 만들 때 완전한 행복은 인간에게 주지 않았을 수도 있다. 대신에 **인간들에게는 서로 다름을 이해하고 그 다름에서 같음을 만들어 가는 과정에서 스스로 행복을 찾는 지혜를 준 것**일 수도 있다.
그것을 잘 행하는 인간은 그나마 주어진 행복의 기회를 가질 수 있고 그렇지 못한 인간은 영원히 행복을 가질 기회조차 얻지 못하고, 또 행복이 뭔지도 모르고 한 생을 마감하게 될지도 모른다.

공감하는 사람과의 관계 속에는 서로로부터 삶의 에너지를 주고받는다. 소확행을 원하는 자는 공감하는 사람들과 함께하는 시간을 많이 가져라.

잘 늙어가려면

"한 손에 막대 잡고 또 한 손엔 가시를 쥐고, 늙는 길 가시로 막고 오는 백발 막대로 치려고 했더니, 백발이 먼저 알고 지름길로 오더라."

인터넷 등에서 해석해 놓은 고려 말 학자 우탁(禹倬) 선생의 「탄로가(嘆老歌)」이다. 굳이 「탄로가(嘆老歌)」를 예로 들지 않더라도 우리 서민들의 삶 속에 세월에 장사 없다는 말도 있다. 아무리 힘이 세고 무시무시한 무기를 들고 있는 장사라 하더라도 오는 세월만큼은 이길 수 없다는 말이다. 이처럼 사람들은 늙어감에 대한 한탄과 이를 최대한 막아 보려는 안쓰러움을 함께 갖고 있음을 알 수 있다.

사람은 누구나 세월과 함께 늙어간다. 늙어간다는 것은 생명체인 인간의 너무나 당연한 숙명이다. 하지만 역사적으로 보면 인간들은 늙어가지 않고 죽지 않는 영생불사의 욕망을 늘 가지고 있었다. 기원전 2,000여 년 무렵 메소포타미아 수메르 왕조의 왕이었던 길가메시의 무훈담(武勳談)을 기록한 「길가메시 서사시」에서 인간의 불로불사 염원을 엿볼 수 있고, 이웃 나라인 중국 진시황의 불로초 이야기는 우리가 모두 다 아는 사실적 이야기다. 이외에도 인간의 무병장수에 대한 염원은 시대를 막론하고 계속되었다는 것을 역사 속에서 쉽게 찾아볼 수 있다. 이러한 인간의 불로불사에 대한 DNA는 현대의 우리들에게도 고스란히 대물림되어 있다. 오늘도 우리 인간들은 무병장수를 바라는 욕망으로 온갖 약을 개발하려고 노력하고 있고, 건강을 유지해 주는 좋은 음식에 대한 식탐은 예외 없이 모든 사람이 갖고 있다.

인간의 무병장수 욕망은 여기서 그치지 않고, 영생불멸하는 인간의 종(種)을 인위적으로 만들려고 하고 있다. 이러한 상황을 두고 미래 인류학자들은 다음 세기의 인류의 종(種)은 자연스럽게 진화된 종이 아니라 인위적으로 진화된 종이 탄생할 것으로 예측도 하고 있고, 이러한 종(種)을 '트랜스 휴먼'이라고 이름까지 붙여 놓고 있다. 트랜스 휴먼은 지금까지 자연적으로 진화해 온 인간의 종(種)과는 차원이 다를 것이다. 트랜스 휴먼의 인종은 자연적인 진화로서 만들어지는 것이 아니라 인간이 개발한 각종 인공 세포의 교체로서 만들어진다. 심장의 기능이 떨어지면 신품의 심장으로 교체하는 등 각종 장기를 인공 장기로 교체하거나 줄기세포를 이용하여 건강한 상태로 복원시켜 놓는다. 따라서 지금의 인간들과는 비교가 안 될 정도로 수명이 획기적으로 늘어난다. 수명은 수백 년이 될 거고 오히려 죽는 것도 본인의 선택사항이 될 것으로 예측한다. 그야말로 영생 수준이다. 이러한 것들이 인간이 영원히 살고 싶어 하는 욕망에서 나오는 결과들이 아닌가 싶다. 그러나 아쉽게도 트랜스 휴먼은 현세의 인간들에게는 적용될 수 없을 것이다. 어쩌면 트랜스 휴먼은 몇 세대 후에나 가능한 시나리오일 수 있고 한낮 지나가는 꿈에 그칠지도 모른다. 과학적으로 가능하다 하더라도 도덕적, 윤리적 및 지구 생태적인 문제로 넘어야 할 산이 한둘이 아닐 것이다. 그렇다면 현세를 살아가고 있는 우리들은 오래 살겠다는 비현실적인 욕망보다는 어떻게 하면 잘 늙어갈 수 있을까를 고민하는 것이 훨씬 현명하지 않을까?

그렇다면 잘 늙어가려면 어떻게 하면 되는 것일까?

잘 늙어가는 것을 가장 잘 표현한 것 중에는 술자리 등에서 건배사로 쓰이는 '9988234'가 있다. 말 그대로 '99세까지 88하게 건강하게 살다가 2일 정도 아프다가 3일째 편안히 4망하자'를 뜻함이다. 그런데 이 말은 반쪽밖에 맞지 않는다. 왜냐하면, 잘 늙어간다는 것에는 신체적인 늙음과 정신적(가치적) 늙음이 함께 있기 때문이다. 우리가 '9988234'를 외칠 때 단순히 신체적인 부분만을 생각하면 안 된다. 정신적(가치적)인 부분도 함께 생각해야 한다. 잘 늙어가거나 잘 못 늙어가는 것의 문제는 우선은 본인 자신에게 국한되는 건강함, 인간다움, 삶의 만족감 등의 문제이겠지만 요즘처럼 복잡한 사회관계 속에서는 가족은 물론 꽤 넓은 주변의 사람들과도 적지 않게 직·간접적으로 영향을 주고받는다. 따라서 반드시 이 두 가지가 함께 건강해져야 '9988234'를 할 수 있다.

연세대 명예교수 김형석 박사는 『백 년을 살아보니』라는 책에서 "인생의 황금기는 60~75세"[12]라고 했다. 비단 김형석 박사뿐만 아니라 사회의 많은 어르신들의 공통된 의견들도 대략 65~75세 사이를 인생의 황금 시기라고 한다. 아마 대부분의 사람들은 60여 년을 살고 나서야 삶을 이해하고 그 맛을 진정으로 알 수 있게 되고, 그래서 60~75세를 인생의 황금기라고 말하는 것일 거라는 생각이 든다. 그러나 그 반면에는 어두운 면이 있음을 간과할 순 없다. 대략 이 시기에 자신의 삶에 허망함과 허탈감을 가장 심각하게 느끼고 심리적, 정신적으로 약해지며 때로는 우울증을 심하게 앓게 되는 사람들도 수없이 많은 것도 사실이다. 그래서 인생의 황금기는 그저 오는 것이 아니라 스스로 노력하지 않으면 오지 않는다. 60~75세를 자신의 인생의 황금기로 만들기 위해서는 '잘 늙어가려면 어떻게 하면 될까?'라는 화두를 자신에게 던져야 한다고 생각한다. 쉽지 않은 화두이긴 하지만

---

12 김형석 저, 『백 년을 살아보니』, 덴스토리, 2016.

지금까지 살아온 경험을 토대로 생각건대 두 가지 정도는 늘 마음에 담고 살아야 하지 않을까 싶다.

첫째는 눈높이의 조정이다. 삶에는 모든 사람이 예외 없이 거쳐야 하는 단계가 있다. 첫 번째 단계는 부모의 품 안에 있는 삶이다. 이 단계에서는 자신이 앞으로 살아가야 할 삶의 여정을 설계하고, 꿈을 꾸고, 실현할 수 있는 능력을 기르는 단계이다. **이 단계에서 사람들이 가지는 눈높이는 마음의 눈높이다.** 경쟁자들을 보는 삶의 눈높이가 아니라 인생의 목표를 정하기 위한 마음의 눈높이인 것이다. 마음의 눈높이는 위로 봐도 좋고, 아래로 봐도 좋고, 옆으로 봐도 좋다. 어느 한 곳으로 보는 눈높이보다도 사방팔방으로 보는 것이 오히려 더 좋다. 따라서 이 단계에서 갖는 마음의 눈높이는 당연히 조정해야 할 대상이 아닌 것이다.

두 번째 단계의 삶은 부모의 품을 떠나 자기 자신의 삶에 스스로 주역이 되어 사회의 일원으로서 또 새로운 가족을 만들어 살아가는 삶이다. **이 단계에서의 사람의 눈높이는 위·아래로만 보는 눈높이다.** 위로 보는 눈높이는 자신의 꿈과 삶의 목표인 승진, 권력, 부(富)를 보는 눈이고, 아래로 보는 눈높이는 위로 가는 도중에 어쩔 수 없이 밟아야 할 것들을 보는 눈이다. 나는 이 단계의 눈높이를 굳이 주위를 돌아보는 눈높이 등으로 바꾸라고 권하고 싶지 않다. 왜냐하면, 이러한 눈높이는 자신의 의지와는 상관없이 어쩔 수 없이 갖게 될 수밖에 없는 비정(非情)한 삶의 현실이고 인간이 타고 난 숙명일 수 있기 때문이다. 이러한 타고난 숙명을 굳이 회피하려고 한다면 집단에서, 사회에서 뒤쳐질 수밖에 없을 것이라는 생각이 든다.

세 번째 단계의 삶은 사회의 주류에서 밀려나고, 경제 활동이 극도로 감소하거나 멈추게 되는 삶이다. **이 단계에서의 눈높이는 주위를 둘러보는 눈높이이다.** 그동안 위로 보았던 눈높이에서 보였던 것들이 어느새 사라지고 아무것도 보이지 않는다. 허공 그 자체다. 아래로 내려다봐도 밟아야 할 것들이 하나도 없다. 있다면 지나온 자신의 삶의 그림자만 보일 뿐이다. 자기 자신만 덩그러니 혼자 보인다. 비로소 자신을 볼 수 있는 단계이고, 이제 늙었구나! 하는 감정이 밀물처럼 밀려드는 느낌을 들게 되는 단계이다. 이 단계에서는 '**잘 늙어가려면 어떻게 하면 될까?**'라는 화두를 자신에게 던져야 하고, 이를 실행하기 위해서는 그동안의 자신의 눈높이를 반드시 조정해야 하는 단계이다.

사람들에게 가장 힘든 것이 무엇이냐고 묻는다면 나는 주저 없이 '자기 생각과 습관을 바꾸는 것'이라고 말하고 싶다. 눈높이를 조정하는 것은 자기 생각과 습관을 바꾸는 것 중의 한 부분이다. 그만큼 어려운 문제일 수 있다. 하지만 자신의 인생 **황금기를**

내 것으로 만들기 위해서는 '자신의 눈높이를 과감히 조정하라'고 권하고 싶다. 꼰대[13]가 되어서는 결코 잘 늙어갈 수 없고, 인생의 황금기를 가질 수 없다. 눈높이를 조정하지 않는 한 꼰대를 벗어날 수 없음을 알아야 한다.

둘째는 타고난 운(運)을 읽는 것이다. 나는 사람들은 태어날 때 가지고 오는 운명(運命)이 있다고 강하게 믿는 사람이다. 왜냐하면, 68여 년을 살아오면서 내가 겪은 삶의 과정과 그 결과들을 보면 이미 정해진 무언가가 강하게 작동되는 것이 있지 않고서는 도저히 이해되지 않는 상황들이 있었기 때문이다. 그것을 인정하고 주변을 보면 이미 우리 주변에는 이미 정해진 운명이 있다는 것을 쉽게 찾을 수 있다. 이것을 보지 못하는 사람들은 자신의 능력만을 믿는 소위 능력 지상주의자들이다. 그런데 알고 보면 자신이 갖춘 그 능력조차도 일부분 정해진 운(運)에 의해 얻어진 것임을 알아야 하고, 그 운(運)에 겸손해져야 한다.

나는 개인적으로 이 글을 읽는 분 중 첫 번째 삶의 단계와 두 번째 삶의 단계에 있는 사람들에게는 운명 그 자체에 대해 생각을 깊이 하지 말라고 권하고 싶다. 우리의 삶은 도전하는 그 자

---

13 젊은 사람을 무시하고 예의 없이 행동하는 어른.

체에도 가치가 있고 삶의 자존감을 느낄 수 있는 동인이 꿈틀거리고 있기 때문이다. 단지 노파심에서 덧붙이고 싶은 것은 도전의 결과가 원하지 않은 것으로 인해 힘든 상황이 될 때는 운명을 받아들이는 지혜를 가지라고 권하고 싶다. 그것이 자신을 덜 힘들게 하는 삶의 작은 지혜라고 말하고 싶다.

 반면에 세 번째 단계의 삶에 있는 사람들에게는 자신의 타고난 운을 잘 이해하라고 말하고 싶다. 이 단계에서의 삶은 사회의 주류에서 밀려나고 경제 활동이 감소하거나 멈추게 되며 정신적, 신체적 건강이 극도로 나빠지는 단계이다. 특히 정신적, 신체적 건강의 쇠퇴는 개인의 타고 난 운이 아니고 인간 종(種)이 타고난 진화론적 운명이다. 그래서 이 단계에서는 자신을 위해서나 가족을 위해서 무언가 더 얻으려고 하는 것보다 정신적, 신체적 건강을 잘 유지하는 것이 무엇보다 중요하다.
 그런데 이 단계에 있는 사람들의 생각은 현재나 미래보다 과거의 삶에 가 있는 시간이 많고 과거의 삶에서 다 이루지 못한 것들에 대한 후회와 아쉬움을 마음속에 늘 담고 있으면서 과거의 위상에 비하여 현재 자신에게 일어나고 있는 상황에 대한 실망감에 빠져 정신적, 신체적 건강을 더 잃기 쉽다. 이를 극복하기 위해서는 후회스럽거나 아쉽게 생각되는 지나온 삶의 것들은 자신이 타고난 運의 결과임을 이해하고 받아드리는 지혜가 필요하다. **이것이 아름답게 잘 늙어가는 비결의 첫걸음이 아닐까 싶다.**

이제 뒤도 돌아보며 살자

2020년 10월 1일 TV조선에서 추석 특집으로 '2020 트롯 어워즈'를 방송했다. 그전에 '미스트롯'에 이어 '미스터트롯'이 절정의 인기를 끌고 있었기 때문이기도 하지만 개인적으로 늘 트로트를 좋아하는 트로트 팬이라 즐거운 마음으로 처음부터 끝까지 방송을 보았다. 내가 트로트를 좋아하는 이유는 나의 감성을 일깨우는 동기 부여가 노래 속에 있기 때문이다. 나는 나 스스로 어떤 가수가 훌륭한 가수인가 하는 기준을 갖고 있다. 음악에 조예가 있어서도 아니고 전문가로서도 아니다. 그냥 트로트를 좋아하는 팬으로서 언제인가부터 나 스스로 생각한 느낌이자 감성 그 자체로 만들어진 기준이다. 미안한 마음은 아직까지 한 곡을 제대로 외우지도 못한다는 것이다. 그렇지만 트로트 노래를 들을 때만큼은 트로트의 가사와 가사에 실린 의미를 가수의 특별한 감성으로 전해주는 느낌에 푹 빠져든다. 때로는 나도 모르게 눈가에 눈물을 흘리기도 하고 때로는 마음이 멍해지기도 한다.

나 스스로 훌륭한 가수에 대한 기준을 잠시 소개하면 첫째는 노래를 부르는 가수가 노래 가사에 담긴 의미와 얼마나 잘 동화되었느냐이고 둘째는 그런 자신의 감성을 노래를 듣는 사람들에게 얼마나 잘 전달하느냐이다. 예를 들어 슬픈 정서의 노래 가사라면 노래를 부르는 가수 자신도 눈시울이 젖고 노래를 듣는 사람도 눈물을 흘리게 하면 그것이 최고의 가수라고 생각한다. 목소리가 좋고, 율동이 좋고, 박자를 잘 타고, 꺾기를 잘하고 등등은 그다음이라고 생각한다.

다시 '2020 트롯 어워즈' 방송으로 돌아가 보자. 그날의 노래 한 곡 한 곡이 정말 한시도 나의 마음이 다른 곳으로 갈 수 없도록 만들었다. 그중에 유독 한 노래가 나의 마음을 찡하게 했다. 바로 마지막 부분에 레전드 가수 이미자가 부른 「내 삶의 이유 있음은」이었다. 당시의 상황은 노래를 부르는 가수 이미자는 마음으로 울고 있었고 집안 소파에서 노래를 듣고 있었던 나는 연신 눈물을 닦고 있었다. 특히, 이날 나 자신이 눈물이 난 이유는 훌륭한 가수가 노래를 부른 이유도 있었겠지만 한 가지 더 있었던 이유는 노래 가사 속에 노래를 부르는 가수의 인생철학이 담겨 있었고 그것이 또한 나로 하여금 지나온 나의 삶을 주마등처럼 뒤돌아보게 하는 시간이었기 때문이었다.

나 홀로 걷다가 뒤돌아보니
인생길 구비 마다 그리움만 고였어라

이제 뒤도 돌아다보면서 살자

우리들의 대부분 삶의 모습은 앞만 보고 달려가는 기관차의 모습과 비슷하다. 실제 영화 등에서도 많이 인용되기도 한다. 옆도 볼 마음의 여유가 없는데 하물며 뒤를 볼 수 있겠는가! 나 역시 예외 없이 앞만 보고 열심히 살아왔다. 사회적 일을 손 놓고 마음의 여유가 다소 생기고 난 이후에야 겨우 간간이 옆도 쳐다보고 지나온 삶을 회상하면서 잠깐 나를 뒤돌아보곤 한다. 얼핏 생각하면 앞을 보면서 해야 할 일도 많은데 왜 뒤를 돌아봐야 하나? 뒤를 돌아볼 정도로 할 일이 그렇게 없나? 한심한 사람 같으니! 라는 생각도 들 수 있다. 그러나 삶에는 단계가 있다. 20대의 삶이 있고, 30~40대의 삶이 있고, 50~60대의 삶이 있고 70대 이후의 삶이 있다. 이 삶들이 다 똑같을 수는 없다. 50 · 60의 삶이나 70대 이후의 삶이 30 · 40의 삶과 같을 수는 없다. 또 같은 연령대라도 삶의 방식, 삶에 대한 생각 등이 사람마다 조금씩 다 다르다. 그래서 '이제 뒤를 돌아보면서 살자!' 라는 화두를 꺼내 놓기가 쉽지 않다.

하지만 굳이 이 글을 쓰고 싶은 이유는 68여 년의 삶을 살아오면서 간간이 뒤를 보면서 살았더라면 좋았을 걸 하는 후회가 많이 들기 때문이고, 그 후회 속에는 3040 때의 것과 5060 때의 것들이 다 들어있기 때문이다. 후회(後悔)는 한자어의 뜻대로 뒤늦게 뉘우친다는 것이지만 지나간 것에 대해 아쉬움의 감정이 함께 내포되어 있다고 생각한다. 앞만 보면서 해야 할 일도 있지만 지나온 시간을 뒤돌아보면, 알면서 하지 못한 것과 미처 생각지 못해 못 한 것들도 많이 있을 수 있다. 이러한 것들도 우리 삶에서 중요한 부분이 아니겠나? 하지만 이런 것들은 지나온 삶을 뒤돌아보지 않으면 알지 못하는 것들이다.

알면서 하지 못한 것들이나 알지도 못하고 지나간 것들이 우리의 삶에 중요하다고 생각되는 대표적인 사례들을 보면 쉽게 이해할 수 있다.

첫 번째는 '죽을 때 후회스러운 것'들이다. 인터넷에서 '죽을 때 후회스러운 것'들을 검색해 보면 많은 사람이 이야기한 글들이 있다. 내용들을 정리해 보면 대략 세 가지의 범주인 것 같다.

① 최선을 다할 수 있었는데 다하지 못한 것
② 마음에 있는 것을 행동으로 옮겨야 했는데 못 한 것
③ 남에게 보이기 위한 삶을 살았다는 것이다.

두 번째는 우리 사회에 신드롬을 가져왔었던 영화 『버킷 리스트』이다. 병원에서 우연히 알게 된 두 노인이 죽기 전에 하고 싶은 일, 즉 버킷 리스트를 서로 작성하게 된다. 그래서 삶이 얼마 남지 않았지만, 이제라도 하고 싶었던 일을 해보자고 결심하고 실행해 가는 여정을 그린 영화로 2008년 개봉된 후 2017년 재개

봉될 정도로 인기 있었던 영화다. 이후 버킷 리스트 관련 책들이 여럿 출판된 것을 보면 당시 전 세계인들이 '버킷 리스트'에 대한 관심도가 대단했다는 것을 알 수 있다. 위 두 개의 상황은 우리 삶에서 지나온 것들도 얼마나 소중한 것들이 있는지와 그것들이 삶의 전 단계에 걸쳐 있는 것을 알게 해준다. 그래서 지나온 삶에 대한 후회를 줄이기 위해서라도 '이제 뒤도 돌아보면서 살자'를 강조하고 싶다.

간혹 그리스 신화 속에 신의 벌을 받고 끊임없이 산의 정상에 돌을 굴려 올리는 시지프스의 모습을 우리들 삶의 모습으로 비유하기도 한다. 세기적 철학자 알베르 카뮈는 이런 시지프스의 모습을 부조리로 가득한 세계에 던져진 인간들의 삶에 비유하면서 '인간들이 신들에게 할 수 있는 최선의 반항은 자살이 아니라 삶의 열정'임을 강조한 것으로 이해하고 있다. 인간들이 신들에게 반항할 수 있는 대안이 삶의 열정이라면 나는 지금 카뮈에게 철학적인 접근이 아니라 현실적인 삶에 관한 질문을 한 가지 던지고 싶다. 삶에 대한 열정이 위만 보고 가는 것이 아닐진대 시지프스는 왜 돌을 굴려 올라가며 한 번쯤 뒤돌아보지 않고 미련스럽게 위만 보고 계속 굴려 올리기만 했을까? 라는 의문이 들지 않았는지를…

만약 자신의 뒤를 돌아보면서 돌을 굴려 올렸다면 시지프스의 미래는 어떻게 되었을까? 철학에 대해 문외한이고 단지 열심히 삶을 살아가는 나의 눈에는 오로지 위로만 돌을 굴려 올리는 시지프스의 모습이 그저 안쓰럽게 보일 뿐이다. 결국은 정상에 닿지도 못할 것을 시지프스는 정상이 어디인지, 굴려 올린 돌이 왜 허무하게 굴러 내려왔는지, 어떻게 하면 다시 잘 굴려 올릴 수 있는지조차 생각도 없이 마냥 미련스럽게 위만 보고 굴려 올리는 모습 그 자체만 보인다. 정상에 돌을 올려놓아야 한다는 생각 외에 다른 생각은 전혀 갖고 있질 않은 것 같다. 어느 시점에서 잠시 뒤를 돌아보면 자신이 어느 능선까지 올라왔는지, 어떻게 하면 다시 굴러 내려가지 않도록 할 수 있는 아이디어가 떠오를 수도 있을 텐데 말이다. 위만 보고 돌을 굴려 올리고 있는 시지프스의 모습에 대해 현대를 살아가는 우리들의 평가는 어떻고, 또 제2의 알베르 카뮈가 나온다면 시지프스를 그의 철학 사상에 어떻게 인용할까? 하는 생각을 가져 본다.

분명한 것은 우리들의 삶은 미래만 있는 것도 아니고 또 현재만 중요한 것도 아니다. 비중의 차이는 있지만, 과거도 나의 삶에는 존재하고 있고 소중한 것이 있다는 것은 틀림없다. 과거가 없는 나는 존재할 수도 없고 과거가 없이는 행복감, 자존감을 가질 수도 없다. 현재가 곧 과거가 되고 미래가 곧 현재가 되는 시간들이 온다. 현재의 중요한 것들이 곧 과거의 것들로 변하고 현재 미처 하지 못한 것들이 곧 후회스러움이 되어 자신에게 되돌아온다. 그래서 자신의 삶의 진정한 가치를 찾고, 그것을 이행하기 위해서는 자신의 삶을 뒤돌아봐야 한다는 것이다. 이제라도 간간이 자신의 삶을 뒤돌아보는 시간을 갖자. 뒤를 돌아보면 자신의 정체성과 모습이 보이고, 앞을 보면 자신의 허상만 보인다.

03

서로의 다름에서 같음을 만드는 지혜를 가져라

　요즘 결혼식 풍습도 많이 변하고 있다. 특히 많이 변한 부분이 주례와 주례사인 것 같다. 전통적인 결혼 예식에서의 주례의 역할은 신혼부부에게 인생의 선배로서 살아온 경험을 바탕으로 앞으로 살아가는 데 도움이 되는 귀한 말을 해주는 것과 두 사람의 혼인 서약을 참석한 친지나 내빈들에게 알리는 역할을 하는 측면도 있었다. 그런데 요즘의 주례는 사회자나 부모로, 주례사는 부모의 덕담으로 대체되어 가고 있다. 그리고 성혼 서약은 신혼부부 둘이 읽는 것이 대세로 바뀌었다. 오래된 풍습이 시대에 따라 바뀌는 것은 비단 예식뿐만은 아니다. 사회 전반에 걸쳐 변하고 있는 것들이 많다. 어떻게 보면 당연할 수도 있다. 그렇게 해서 나 역시 얘들의 결혼식 방식에 따라갈 수밖에 없었고 주례사 대신 덕담해 달라는 아들의 요청을 받았다. 이미 지인의 자녀 결혼식에서 이런 현상을 많이 접했기 때문에 아들의 요청에 별다른 거부감이 없었고 오히려 그럴 줄 알고 마음으로 준비하고 있었다는 것이 더 솔직한 표현이다.

막상 덕담으로 무슨 말을 해줄까 하고 생각이 어지럽다. 해주고 싶은 말들은 많은데 짧은 시간에 해주고 싶은 말이 한동안 정리가 되질 않았다. 68년여를 온갖 풍파를 겪으면서 살아온 인생인데 어찌 해주고 싶은 말이 적겠는가! 많을 수밖에 없지 않겠는가! 그 속에는 내가 겪은 온갖 삶의 시행착오를 이제 막 시작하는 아들 부부에게 똑같은 일을 당하지 않도록 하고 싶은 간절한 바람이 있는 마음도 적지 않았다.

우선 고맙다는 말을 해주고 싶었다

"○○한테는 오늘 이 자리가 있기 전에 네가 하고 싶었던 공부가 있었음에도 불구하고 그것을 포기하고 ㅁㅁ이를 선택해줬고, 오늘 우리 가족이 되어줘서 고맙다. 그리고 한 가지 더 고마운 것은 네가 다소 늦게 선택한 그 길에서 최선을 다해 당당하게 잘 해 나가는 지금의 너에게 고맙구나.

ㅁㅁ이는 아빠가 많이 해준 것이 없어서 늘 미안했었는데, 그런데도 너는 오히려 아빠, 엄마가 걱정하지 않도록 애쓰는 네 모습에 늘 고마운 마음이었다. 그리고 무엇보다도 고마운 것은 여러 가지 어려운 여건 속에서도 한 번도 흐트러짐이 없이 네가 가고자 하는 길을 가고 있는 대견한 모습이었다. 자랑스럽고, 그동안 잘 커 줘서 고맙다.

'결혼은 천생연분(天生緣分)이어야 한다고 하잖아.'

천생은 하늘이 미리 정해준 것이라고 하잖아. 거기에 더해 나는 천생은 죽었다가 다시 태어나기를 천 번 하는 것이 천생이라 하고 싶구나. 그래서 결혼이라는 것은 구백아흔아홉 번 죽고, 다시 태어나는 긴 시간의 인연으로 둘이 맺어지게 되고, 그리고 둘이 같이 마지막 한 생을 살아가는 거야. 그래서 결혼은 '인륜지대사'라고 할 만큼 어렵고 또 소중한 거지. 그런 어렵고 귀한 인연으로 오늘 결혼하는 너희도 지금부터 살아가는 이 한 생이 정말 소중한 것이고, 소중한 만큼 행복하게 잘 살아야 하는 거야.

오늘 아빠, 엄마를 포함해서 많은 분이 너희 둘을 축복해 주는 것도 단지 오늘 하루의 이 결혼보다 앞으로 행복하게 잘 살아가라는 응원과 격려를 해주는 것이라는 것을 너희에게 말해주고 싶구나. 그런데 잘 살아간다는 것이 쉽지 않아. 사는데 정답이 어디 있겠냐 마는 그래도 아빠가 살아오면서 깨우친 두 가지 정도는 너희가 살아가는 데 도움이 되지 않을까 싶다.

첫째는 부부로서 서로에 대해 공감해 주는 마음이야. 아빠는 오늘 너희에게 '덕담은 그냥 평소에 하고 싶었던 말을 하면 되겠지.'라고 생각하고 있었는데 엄마는 굳이 몇 자를 적어서 하래. 옛날 같았으면 엄마 말대로 안 했을 텐데 이번에는 얼른 이렇게 적었어. 왜냐하면, 내가 기억력도 점차 떨어지는데 혹시 할 말을 까먹고 엉뚱한 말을 할까 봐 걱정하는 엄마의 마음을 알기 때문에 그런데 이렇게 적으니까 네 엄마가 안심되는지 좋아하더라고, 이게 서로가 공감해 주는 마음인 거지.

공감하는 마음은 곧 서로의 다름에서 같음을 만드는 것인 게지. 늦었지만, 요즘은 엄마에게 공감을 많이 하려고 하는데 잘 안될 때가 많아. 아빠는 늦게 깨달았지만, 너희는 지금부터 서로의 다름에서 같음을 만들어 가는 마음을 갖고 살면 너희의 행복 온도는 틀림없이 올라갈 거야. 그 온도가 100도까지 올라가면 더 좋겠지…

그래서 세월이 지난 어느 시점에 서로에게 '그동안 당신 덕분에 한세상 잘 살았고 행복했었다. 그동안 미안하고, 고맙고, 감사해'라고 말할 수 있을 때 그게 잘산 거라고 아빠는 생각한다.

두 번째는 지금까지 살아보니 지나간 삶 속에는 중요한 것과 소중한 것이 있더구나. 중요한 것은 살아가면서 없으면 안 되는 꼭 필요한 것, 즉 너희의 성취감과 자존감을 느끼게 하는 것들, 어쩌면 너희 둘이 이미 계획하고 있는 사회적 지위, 재산, 뭐 이런 것들이라 할 수 있겠고, 소중한 것은 너희가 살아가면서 꼭 가지고 있어야 하는 정신적 가치, 즉 행복, 부모, 가족, 건강, 친구(여기 많이 와 준) 뭐 이런 것들이라 할 수 있겠지. 아빠가 그동안 살아온 경험으로는 중요한 것은 너희 손에 있다가도 없어지고 없다가도 어느새 너희 손에 들어와 있는 것들이고, 소중한 것은 항상 너희 마음속에 넣어 둬야만 가질 수 있는 것들이야. 아빠도

118

중요한 것만 열심히 쫓아가면 훌륭하게 사는 것이고 소중한 것은 당연히 나를 기다리고 있고 언제든 나에게 있는 줄로만 알았어.

그런데 어느 날 보니 중요한 것은 있다가도 없어지는 것이기에 지나간 시절에는 있었지만, 지금은 나에게 없고, 소중한 것은 항상 내 마음에 넣어 두고 있었어야 했는데 그렇게 하지 못해 지금 많이 떠나간 걸 알았지. 그래서 너희는 중요한 것과 소중한 것들을 살아가면서 현명하게 잘 가졌으면 좋겠구나."

서로 다름을 인정하고 그 다름에서 같음을 만들어라!

부부는 일심동체(一心同體)라는 것은 없다. 단지 서로 다름을 최소화하는 것이다. 결혼 생활은 서로 다른 부분을 같은 부분으로 만들어 가는 과정이다. 각각의 장점을 둘의 장점으로 만들어 가고, 또 각각의 단점을 서로 최소화시켜주는 노력이 필요하다. 그런 이해와 노력 없이는 일심동체(一心同體)를 만들 수 없고, 일심동체(一心同體) 없이는 행복한 가정을 만들 수 없다. 행복한 가정이 그저 만들어지는 것이 결코 아니다. 어느 날 갑자기 오는 완전한 행복은 있을 수 없다.

이것이 어찌 부부만의 일이겠는가! 우리는 모두 사회관계망 속에서 인연을 맺으면서 살아간다. 자신의 행복을 찾기 위해서는 사회관계망 속에서 인연을 맺은 사람들과의 공감 역시 중요하지 않을 수 없다. 특히 현대 사회는 사람과의 관계가 복잡하고 미묘

하다. 그래서 공감하는 능력이 그 어느 때보다도 중요하다. 어쩌면 신이 인간을 만들 때 완전한 행복은 인간에게 주지 않았을 수도 있다. 신들은 완전한 행복은 그들만이 가질 수 있는 영역으로 인간에게 그런 큰 권한을 넘겨주고 싶지 않았을 것이다. 그 대신에 인간들에게는 서로 다름을 이해하고 그 다름에서 같음을 만들어 가는 과정에서 스스로 행복을 찾는 지혜를 준 것일 수도 있다. 그것을 잘 행하는 인간은 그나마 주어진 행복의 기회를 가질 수 있고 그렇지 못한 인간은 영원히 행복을 가질 기회조차 얻지 못하고, 또 행복이 뭔지도 모르고 한 생을 마감하게 될지도 모른다.

04

세상을 눈과 함께 마음으로도 봐라

"너는 왕비가 될 수밖에 없는 운명을 가지고 태어났다. 너의 운명과 싸우지 마라. 헤엄치는 사람이 강물 속으로 들어가듯 운명 속으로 미끄러져 들어가도록 너 자신을 맡겨두어라."[14] 『람세스』의 책 속에서 세티 왕[15]의 왕비가 람세스 왕의 왕비 네페르타리에게 한 말이다.

"너의 운명과 싸우지 말고 그 운명 속으로 들어가 자신을 맡겨두라"라는 말은 얼핏 생각해 보면 욕심을 갖고 뭔가 하려고 하지 말고 세상을 관조하면서 흐르는 세상의 변화에 자신을 맡겨두라는 의미로, 다시 말하면 세티 왕의 왕비는 마치 염세주의, 운명론자 뭐 이런 부류의 사람? 아니면 당시 여성으로서 최고의 지위를 얻고 있었지만, 성차별로 인해 자기만의 생각으로 어떤

---

14   크리스티앙 자크 저, 『람세스』, 김정란 역, 문학동네, 2016.

15   세스 왕의 부친

일을 하기에는 한계를 느낀 자조적인 심정에서 한 말? 인 것처럼 느껴진다.

과연 그럴까? 필자는 이 말이 '세상을 눈으로만 보지 말고 마음으로도 봐라.'는 저자의 깊은 뜻이 담겨있다는 느낌이 든다. 『람세스』 책은 기원전 1301~1234(67년) 간 이집트를 통치한 람세스 왕을 대상으로 프랑스 소설가인 크리스티앙 자크가 3,200여 년이 지난 1995년 제1권을 시작으로 쓴 시리즈 소설이다. 책 속에 세티 왕의 왕비가 람세스 왕의 왕비 네페르타리에게 "너의 운명과 싸우지 말고 그 운명 속으로 들어가 자신을 맡겨두라."라고 한 말은 당연히 작가의 상상 속에서 그려진 말이겠지만, 작가는 『람세스』라는 소설을 통해서 자신이 1990년대를 살아가는 프랑스 국민들과 자신의 책을 읽는 세계의 독자들에게 눈으로만 세상을 보지 말고 마음으로도 보라는 말을 하고 싶은 게 아닐까 생각한다. 너무 비약적인 생각일까? 아니면 나 자신이 늘 이런 생각을 하고 있었기 때문에 이 글을 읽으면서 그렇게 해석이 되었을까?

아무튼 세상을 눈으로만 보지 말고 마음으로도 보라는 메시지는 세계적인 철인들이나 사회의 리더들이 시간과 공간을 넘어 인류 사회에 때로는 강하게 때로는 약하게 영향을 미친 비슷한 말들을 해왔고 오늘날까지도 사회에 묵시적 행동의 암시를 던져

주고 있는 말임을 아마추어 수준의 지식으로 얼핏 찾아봐도 금방 알 수 있다.

　대표적으로 공자의 "비례물시(非禮勿視), 비례물청(非禮勿聽), 비례물언(非禮勿言), 비례물동(非禮勿動)"[16]이다. 즉 예(禮)가 아닌 것은 보지도 듣지도 말하지도 말고, 행하지도 말라는 말이다. 이 말은 오늘날까지도 동·서양을 막론하고 어느 나라에서는 사회사상으로 깊숙이 배여 있고, 또 어느 나라에서는 문화·예술적으로 이를 여전히 애용하고 있는 모습을 많이 볼 수 있다. 세계적으로도 유명한 눈과 귀, 입을 손으로 가리고 있는 일본의 「세 마리의 현명한 원숭이」조각상[17], 미국의 다큐멘터리 영화 'Religulous'의 포스터에 눈과 귀, 입을 손으로 막은 세 마리의 침팬지의 모습 등이 그것들이라 할 수 있다. 이를 볼 때 공자의 "비례물시(非禮勿視), 비례물청(非禮勿聽), 비례물언(非禮勿言), 비례물동(非禮勿動)"의 말은 시·공간을 초월하여 많은 사람에게 공감을 얻고 있다는 것을 증명하고 있다고 본다.

16　논어」, 「안연편」

17　세 원숭이가 각각 눈, 귀, 입을 가리고 있는 이유는 '사악한 것은 보지도, 듣지도, 말하지도 말라'는 인류의 보편적 가르침에서 유래했다는 해석이 지배적이다. (출처: 더 위키)

그런데 공자의 이 말은 언뜻 생각해 보면 세상을 눈으로만 보지 말고 마음으로도 보라는 말과 비슷한 의미를 찾기가 쉽지 않아 보인다. 하지만 공자가 말하는 예(禮)의 참뜻을 이해하면 금방 비슷한 의미가 있음을 알 수 있다. 우선 공자의 예(禮)에는 '보이는 부분의 예(禮)와 보이지 않는 부분의 예(禮)'가 있음을 알아야 한다. 대부분 사람들은 공자가 말하는 예(禮)를 "일상생활에서 지켜야 할 규범" 정도로 이해하고 있는 경향이 많다. 그러나 어떻게 보면 이것은 눈으로만 본 예(禮)일 뿐이고 마음으로도 봐야 하는 예(禮)의 부분은 빠져있다. 「논어의 禮:타인의 마음을 헤아리라」에는 빠져있는 그 부분이 잘 설명되어 있다. 내용을 소개하면 이렇다.

"공자가 태묘(예(禮)를 만들었다는 주공(周公)의 묘)에 들어갔을 때 일일이 물어보았다. 어떤 사람이 말했다. '누가 저런 추인의 아들이 예를 안다고 했는가? 태묘에 들어가서 일일이 묻고 있다니!' 공자가 이 말을 듣고 말했다. 이렇게 하는 것이 바로 예다." 동아비즈니스리뷰는 위의 글을 인용하면서 예(禮)를 다음과 같이 설명한다.

"공자의 이런 모습을 보고 누군가가 조롱했다. 예(禮)를 잘 안다고 해서 공자를 보러왔더니, 공자는 오히려 태묘 관리인보다 예(禮)를 모르는구나. 공자를 따르던 제자가 스승을 조롱하는 사람의 말을 듣고 볼멘소리를 했다. '선생님! 선생님은 태묘 참배 예절에 대해 누구보다 잘 알고 있는 분입니다. 그런데 왜 그렇게 행동을 해서 저희를 창피하게 만드시는 겁니까?' 이에 공자는 '태묘에 들어왔으면 태묘 관리인에게 일일이 물어보는 것이 바로 예(禮)이다.'"18

이처럼 공자의 예(禮)에는 '배려'라는 정신이 배여 있는 것이다. 우리는 흔히 예(禮)를 행하는 최고의 사례로 "군군(君君) 신신(臣臣) 부부(父父) 자자(子子)"를 든다. 말 그대로 임금(윗사람)은 임금다워야 하고 신하(아랫사람)는 신하다워야 하고 부모는 부모다워야 하고 자식은 자식다워야 한다는 말이다. 그러나 이 행위에 '배려'의 정신을 빼고 행한다면 어떻게 되겠는가? 작금의 사회에서 본다면 신분의 차별화 문제가 대두할 수 있고, 윗사람의 말이면 토를 달 수 없고 무조건 따라야 하는 비합리적인 관계 설정의 문제 등이 발생할 수 있지 않겠는가? 이런 문제와 갈등들이 표출된다면 아무리 "군군(君君) 신신(臣臣) 부부(父父) 자자(子子)"를 빈틈없이 행한다 한들 그것이 어찌 예(禮)라 할 수 있겠는가!

다시 정리하자면 예(禮)는 '일상생활에서 지켜야 할 규범+배려의 정신'이라 할 수 있고, 이런 예(禮)를 실천하기 위해서는 세상

---

18   강신주,「논어의 禮:타인의 마음을 헤아리라」, 동아비즈니스리뷰, 2010.5.

을 눈으로만 보지 말고 마음으로도 봐야 한다는 것이다. 세상을 눈으로만 보면 규범만 보이고, 마음으로 보면 규범 속의 배려가 보인다는 것이다. 이것이 공자가 말한 진정한 의미의 예(禮)라 생각한다.

이렇게 보면 공자는 이미 2,500여 년 전에 "비례물시(非禮勿視), 비례물청(非禮勿聽), 비례물언(非禮勿言), 비례물동(非禮勿動)"이라는 말로 '세상을 눈과 마음으로 같이 봐라, 그것이 아니면 보지도 말고, 듣지도 말고, 말하지도 말고, 행동하지도 말라'고 했는데 후세의 사람들은 과욕(過慾)으로 인해 눈으로만 보고, 말하고, 듣고, 행동하고 있으니 우리 사회의 모든 예(禮)는 개인의 욕심을 채우기 위해서 또 어느 특정 집단이 그들의 이익을 위해 주장하는 반사회적 논리를 합리화시켜주는 언어적 유희 수단으로 이용되는 위선의 예(禮)일 수밖에 없다. 이런 위선의 예(禮)가 판을 칠수록 사회는 불의와 정의, 진실과 허위가 구별되지 않는 혼탁한 사회가 되는 것이다.

세상을 눈으로 보이는 것만 보면 시야가 좁아지고 마음이 편협해져 실체를 정확하게 보지 못하고 비틀어 보게 된다. 인간은 오욕의 동물이기 때문에 눈으로 사물을 볼 때는 내면에 잠재되어 있는 욕심이 더해져 보게 될 수밖에 없다. 물론 마음으로 볼 때도 욕심의 기재가 발동되겠지만 이를 억제할 수 있는 감정이 눈으로 볼 때보다는 나의 경험상 훨씬 강하게 작동되고 설혹 욕심이 생긴다고 하더라도 과욕(過慾, 많은 욕심)이 아닌 과욕(寡慾, 적은 욕심) 정도로 통제할 수 있게 된다. 세상을 눈으로만 보지 말고 마음으로도 보라는 메시지가 오늘을 살아가는 우리들의 삶에 중요한 의미를 담고 있다는 생각이 간절히 드는 이유다.

나는 눈으로만 보지 말고 마음으로도 보라는 것에는 두 가지의 의미가 있다고 말하고 싶다.

첫째는 남만을 보지 말고 자신도 같이 보라는 것이다. 어떻게 보면 이런 말을 하는 것 자체가 이상하게 느낄 정도로 너무나 당연한 말이다. 그러나 대부분 사람들의 군상은 이 당연한 말과 너무나 동떨어진 행위를 하는 것이 현실이다. 굳이 과거의 사례를 소환할 필요도 없다. 최근에도 우리 사회의 고위 공직자층에서 일어나고 있는 내로남불의 행태는 남만을 보고 자기 자신은 보지 않는 것에서 오는 대표적인 사례일 것이다. 이처럼 남만을 보고 자기 자신을 보지 않으면 자신이 어느 위치에 서 있는지, 무슨 일을 저지르고 있는지를 모르게 된다.

로마의 황제 마르쿠스 아우렐리우스의 "오늘 하루도 남의 일에 참견하는 자, 교만한 자, 사기꾼, 시기심이 많은 자와 만날 것이다."라는 말처럼 2,000여 년 전의 사회에서도 이런 부류의 사람들이 많았는데 오늘날에는 우리들의 주변에 셀 수 없이 널려있다고 해도 틀리지 않을 것이다. 이런 사회에서 자기 자신을 보지 않고 참견하는 자, 교만한 자, 사기꾼, 시기하는 자들만 보게 되면 자연스럽게 자기 자신도 그런 부류의 한사람이 될 수밖에 없다. 그래서 염치없는 행위를 스스럼없이 하는 자들이 직위 고하를 막론하고 생겨나는 것이다.

물론 치열한 경쟁사회에서 남을 전혀 보지 않고 자신 만을 보고 살아갈 수는 없다고 생각한다. 그렇게 살다 보면 자신만 손해를 보게 되고, 왕따를 당하게 되고, 고지식한 사람으로 평가받는 상황으로 내몰릴 수도 있다. **그래서 남을 볼 때 자신도 함께 보라는 것이다.** 그러면 참견하는 자, 교만한 자, 사기꾼, 시기하는 자들과 함께하면서도 그들과 같은 자가 되지는 않을 것이다.

둘째는 겉모습만 보지 말고 진면목(眞面目)을 보라는 것이다. 1,800년대 철학자 쇼펜하우어는 "우리는 마야의 베일에 속고 있다."라고 했다. 마야는 실체가 아닌 것을 실체라고 믿는 허상이다. 나는 쇼펜하우어의 말에 공감하는 편이다. 쇼펜하우어의 생각처럼 우리는 모든 사람의 허상만을 보고 있는지도 모른다. 왜냐하면, 우리 모두 스스로 사람의 허상만을 애써 보려고 하고 있거나 아니면 내가 보는 모든 사람이 그들의 실체는 감춰 놓고 허상만을 보이려고 하고 있거나, 둘 중 하나라 생각하기 때문이다. 우선 나 자신만을 봐도 그렇다. 사람에게는 두 개의 자기가 있다고 했다. 첫 번째는 남에게 보이게 하는 자기이고, 두 번째는 자신이 보는 자기이다. 나 스스로 나 자신이 보는 나로 살아온 것보다 남들에게 보여주기 위한 나로 살아온 세월이 훨씬 많다. 남들에게 보여주기 위한 나는 나의 허상인 셈이다. 남들은 이런 나의 허상만을 보고 실체의 나인 것으로 생각했을 것이다. 허상의 대상인 것은 비단 사람만이 아닐 것이다.

나 역시 지금까지 살아오면서 세상 속에 있는 사람, 사물 등을 눈으로만 봐왔다. 그 결과 눈으로만 본 사람들은 대부분 변했다. 왜냐하면, 눈으로만 본 그들은 그들의 실체가 아니고 허상이었기 때문이다. 우리는 때때로 무엇을 볼 것인가? 어떻게 볼 것인가? 어디까지 볼 것인가? 하는 삶의 화두에 접하곤 한다. 이럴 때 무엇을 보든 어떻게 보든 어디까지를 보든 눈과 함께 마음으로도 보라고 권하고 싶다. 그들의 허상만을 보지 말고 진면목(眞面目)도 함께 보는 노력을 하라고 말하고 싶다.

05

소확행을 찾는 노력을 멈추지 마라

소확행이란 인터넷 '위키백과'에 따르면 "일상 속에서 작지만 확실하게 느낄 수 있는 행복 또는 그러한 가치를 추구하는 경향"으로 정의되어 있고 "1990년 일본의 소설가 무라카미 하루키가 레이먼드 카버의 단편소설 『A Small, Good Thing』에서 따와 만든 신조어이다. 하루키의 수필집 『랑게르 한스섬에서의 오후』에서 '갓 구운 빵을 손으로 찢어 먹는 것, 새로 산 정결한 면 냄새가 풍기는 하얀 셔츠를 머리에서부터 뒤집어쓸 때의 기분'[19]을 '소소하지만 확실한 행복'이라 정의하면서 처음 사용되었다"라고 한다. 우리 사회에서는 대략 2017~2018년쯤에 사회적 인기 검색어 상위권에 올랐던 기억이 있고 실제 당시에 많은 사람이 이런저런 장소에서 소확행이란 말을 많이 사용하기도 하였다. 그리고 4~5년이 흐른 지금 국민적 관심과 사용 빈도는 많이 줄어들었으나 여전히 사회의 오피니언들이 필요에 따라 사용하고 있고

---

19   무라카미 하루키, 『랑게르 한스섬에서의 오후』

특히 삶의 애환이 많은 서민들 사이에서 스스로 격려하는 말로 사용하고 있다.

당시에 나의 경우는 사회적 활동을 하고 있었던 때라 '소확행'이라는 말이 머리로는 이해가 갔으나 마음으로는 그렇게 크게 와닿지 않은 말이었던 것으로 기억한다. 아마도 사회적 활동을 왕성하게 하는 대부분의 사람도 나와 같은 상황이었던 거 같고, 당시에도 '소확행'의 대안 단어로 '무확행'[20], '대확행'[21] 등이 등장했었던 것으로 보면 소확행은 사회 모든 계층에서 받아들여지지 않았던 말로서 사회적 활동이 없거나 활동이 미미했었던 일부 계층 사람들의 마음을 적셨던 단어였고, '무확행'이나 '대확행'은 사회적 활동을 한창 하는 계층의 사람들에게 자신이 하는 일에 뭔가 더 큰 성과를 이뤄야겠다, 그리고 그것만이 확실한 행복을 얻을 수 있다고 생각하는 사람들에게서 표출된 말이지 않나 싶다.

그렇다고 보면 '소확행, 무확행, 대확행'은 사람들마다 자신이 처한 상황에 따라 각각 느낄 수 있다 생각된다. 그런데 여기에

---

20 무모하지만 확실한 행복

21 크고 확실한 행복

서 한 가지 짚고 넘어가야 할 것이 있다. 실제 행복이란 무엇인가를 이해할 필요가 있다는 것이다. 인터넷 어학 사전은 행복을 "생활에서 기쁨과 만족감을 느껴 흐뭇한 상태"라고 설명하고 있다. 알 듯 모를 듯 뭔가 꼭 집어 머릿속에서 정리되기가 쉽지 않다. 하지만 단순하게 그동안 살아오면서 실제 느낀 "생활에서 기쁨과 만족감을 느낄 수 있는 것"의 의미는 어떤 계기로 인해 일정 기간 정신적으로 기분이 좋았던 상태? 자존감이 막 올라간 상태가 아니었나? 하는 정도로 이해할 수 있겠고 여기에 덧붙여 나는 '행복은 무언가를 소유함으로써 얻어지는 것이 아니라 나 자신 속에 있다.'라고 말하고 싶다. 다시 말하면 행복은 물질적인 얻음에서 오는 '기쁨과 만족감을 느낄 수 있는 것'이 아니라 마음에서 느끼는 '기쁨과 만족감'에서 오는 것이다.

물질적인 얻음에서 오는 기쁨과 만족은 머릿속에만 있다가 얼마 지나지 않아서 사라져 버리지만, 마음에서 오는 기쁨과 만족은 오랜 기간 자신의 삶 속에 머문다. 즉 '전자는 머릿속의 행복이고 후자는 마음속의 행복'이라고 구분하고 싶고 나는 후자가 진정한 행복이라는 것을 살아오면서 깨달은 결론이다. 그리고 전자는 '무확행, 대확행' 쪽에 가깝고, 후자는 '소확행' 쪽에 가깝다고 할 수 있다.

왜 그럴까? 머릿속의 행복은 정말 진정한 행복이 아닐까? 사람의 본성은 욕심으로 가득 차 있다. 오늘날 인간이 만물의 영장으로 진화되어 온 것도 결국은 인간이 가지고 있는 욕심의 DNA 때문이다. 따라서 무모하지만 확실한 행복 또는 크고 확실한 행복은 물질적인 것을 얻는 것에서 가질 수 있는 감정이고 이러한 것을 가지는 순간, 더욱더 큰 것에 대한 욕망이 자리 잡기 때문에 무확행이나 대확행은 잠깐의 만족감이지 결코 행복감은 아닐 것이다. 우리에게 필요한 행복은 머릿속에 일시적인 만족감을 훨씬 뛰어넘어 마음속에서 잔잔히 꿈틀거리는 작지만 울림이 있는 행복의 감정이 아닐까 싶다. 그리고 요즘 나는 새삼스럽게 행복은 "일상 속에서 작지만 확실하게 느낄 수 있는 행복"이라는 소확행의 단어를 머리에 떠올리면서 그 단어가 지닌 진하고, 깊은 맛을 느끼곤 한다.

무라카미 하루키가 "갓 구운 빵을 손으로 찢어 먹는 것, 새로 산 정결한 면 냄새가 풍기는 하얀 셔츠를 머리에서부터 뒤집어쓸 때" 느꼈던 행복의 감정을 희미하게나마 알 것 같다. 이럴 때 예외 없이 나 자신이 나에게 물어오는 것이 있다.

나 자신 : 너는 지금까지의 네 삶에서 소확행만 있었고 무학행이
　　　　　나 대학행은 없었나?
나 : 　　 젊은 시절 몇 번 있었어. 그런데 그때의 행복했던 기억
　　　　　을 지금은 알지 못하겠어.

그리곤 바로 나 자신은 나에게 다시 묻는다. 왜 지금은 기억

하지 못하는 거야? 잠시 그때로 돌아가 생각에 잠겨 본다. 그런데 아무리 생각해도 그때의 행복했던 기억이 되살아나지 않는다. 한동안 답답한 마음이다. 어렴풋하게나마 기억이 나는 것은 행복했다기보다는 짧은 기간 기분이 매우 좋았고 곧바로 다음의 목표를 위해 나 자신을 더욱 채찍질한 기억 밖에 나질 않는다. 아마 이러한 감정은 사람이면 누구나 한 번쯤 느껴봤을 것이리라 생각한다. 왜냐하면, 인간의 본성에 자리 잡고 있는 욕심은 사람의 의지나 지성으로서도 완전히 통제되지 않는 것이다. 그래서 무확행이나 대확행에서 진정한 행복을 느낄 수 없다는 것은 인간의 본성 중 욕심과 연결되는 문제이기 때문이다.

나는 오늘도 소확행을 찾는 노력을 계속한다. 소확행은 그저 오는 것이 아니다. 자신이 찾으려고 노력해야 한다. 소확행은 물질적인 얻음에서 오는 것이 아니기에 나는 자신의 주위에는 많은 소확행이 있고 자신의 노력 여하에 따라 얼마든지 찾을 수 있다고 믿는다. 특히 50대 이후의 삶에는 꼭 필요하다 생각된다. 그동안 소확행을 찾는 노력을 하면서 몇 가지 깨달은 것이 있어 여기 소개한다. 물론 사람마다 찾는 대상과 방법은 다 다르다는 것을 첨언한다.

첫째는 '라떼'를 생각하지 말아야 한다. '라떼(latte)'는 커피의 한 종류로서 인터넷 어학 사전에 의하면 커피 원액인 "에스프레소에 따뜻한 우유를 1:2 또는 1:3 정도의 비율로 섞은 커피"이다. 그런데 이 말이 언제인가부터 '나 때는 말이야'라는 의미의 유희적 언어로 사용되기 시작했고 당시 사회에서 나돌았던 '꼰대'의 대체어로 사용되기 시작한 말이기도 하다. 언어가 어찌 되었건 중요한 것은 '나 때는'이라고 말하는 뒤편에는 과거의 화려했던 나의 모습과 생각이 현재의 나를 지배하고 있다는 것이다. '나 때는' 이라고 하는 생각의 뒤편에 있는 행복은 무확행이나 대확행일 가능성이 높다. 그리고 과거의 무확행이나 대확행의 감정 속에는 현재의 소확행을 찾을 수 있는 마음이 자리 잡을 수 없다. 소확행이 아니라 현재 자신의 위치와 사회의 대우에 대한 원망과 섭섭함 등이 가득 차 있을 뿐이다. 이런 마음속에서 무라카미 하루키가 느낀 "갓 구운 빵을 손으로 찢어 먹는 것, 새로 산 정결한 면 냄새가 풍기는 하얀 셔츠를 머리에서부터 뒤집어쓸 때"의 행복감을 어떻게 찾을 수 있겠는가.

둘째는 자신에 대한 생각을 많이 해라. 사람은 사회적 동물이기 때문에 개인의 모든 삶이 타인과 연결되어 있다. 어쩌면 우리 삶에서 일어나는 모든 희로애락(喜怒哀樂)의 감정은 타인과의 관계에서 일어난다고 할 수 있다. 직접적인 원인일 수도 있고 간접적인 원인일 수도 있다. 또 자신이 처한 처지(處地)를 타인과 비교함으로써 일어나는 것일 수도 있다. 그러나 분명한 것은 자기의 생각, 모습, 처지 등 자신의 삶을 타인과 연결하여 생각하는 순간 자신에게 소확행은 절대 일어나지 않는다. 자신만을 생각하는 삶에서만 소확행을 느낄 수 있다. 그렇다고 현대의 사회적 구조 속에서 자신만을 생각하는 삶을 살아가기는 쉽지 않다. 오히려 자신만을 살아가는 사람은 이기적인 사람으로 평가되어 사회적 관계망에서 스스로 멀어지거나 소외될 가능성이 크고 그로 인해 소확행은 고사하고 오히려 불안, 초조 등의 감정으로 인해 불행해지는 경우도 발생할 수 있다. 그러나 소확행을 얻기 위해서는 자신만을 생각하는 노력을 꾸준히 해야 한다. 적어도 자신의 삶의 중심에 타인보다는 자신이 차지하는 부분이 많아야 한다. 자신의 마음속에 타인의 삶이 자신의 삶보다 더 큰 비중을 차지하게 하면 안 된다. '자기의 생각'을 하라는 것은 타인의 삶이 자신에게 미치는 영향을 최소화하라는 것이다. '자기의 생각' 속에 타인의 삶을 들어내는 것만큼 소확행을 찾을 기회는 분명 많아질 것이다.

최근 MBN TV의 '나는 자연인이다'라는 프로그램을 자주 본다. 유명한 연예인 두 사람이 2박 3일의 짧은 시간 동안 자연인과 함께 생활하면서 그분들이 왜 사회와 사람들을 등지고 자연으로 들어갔는지, 그리고 자연 속에서 어떤 생각과 어떤 모습으로 살아가는지를 보여주는 프로그램이다. 여기에 출연하는 자연인들은 그간의 사회활동 속에서 잃은 건강을 회복하기 위해 혼자만의 자연을 선택한 분들이 대부분이다. 다행히 자연과 함께 살아가면서 잃었던 건강을 회복해 가고 있는 모습이었다. 그런데 그분들의 생활 모습과 연예인과의 대화 속에서 한 가지 강한 느낌은 대화 속 모든 자연인이 행복하다는 말이었다. 단순히 잃었던 건강을 되찾았다는 것에서 행복하다는 말이었다면 이해가 가지만 깊은 산 속에서 사람과의 관계를 끊고 외로움과 함께 살아가는 삶 속에서 얻은 행복을 말하고 있는 것에서 정말 행복을 얻었을까? 하는 의구심도 있었지만, 그분들의 표정 속에는 분명 그 말이 진심인 것을 느낄 수 있었다. '자신에 대한 생각을 많이 한다는 것'에서 소확행을 얻는 지혜를 자연인들에게서 배운다.

셋째는 공감하는 사람들과 함께하는 시간을 많이 가져라. 위에서 말한 것처럼 사람은 타인과의 관계 속에서 더불어 살아가는 존재이기 때문에 100% 혼자만의 삶을 갖는다는 것이 쉽지 않다. 그래서 소확행은 혼자만의 생활에서 찾는 것도 있지만, 사람과의 관계에서 찾아야 할 부분도 분명히 있다. 사람과의 관계에서 소확행을 얻기 위해서는 생각과 취미가 같은 사람들과 함께하는 시간을 많이 가져야 한다. 우리말에 "끼리끼리 논다"라는 말이 있고, 물이유취(物以類聚), 유유상종(類類相從) 등의 사자성어도 있다. 그만큼 우리의 삶 속에 깊이 들어와 있는 모습이다. 왜 이런 모습이 예부터 지금까지 오랫동안 변함없이 우리의 삶의 모습에 함께하고 있는 걸까? 사회 공동체적 관점에서 보면 그렇게 바람직하거나 권장할 모습은 아니다. 그런데도 시대를 막론하고 이런 모습이 유지되어온 것은 사람 개개인이 추구하는 삶의 가치가 분명 그 속에 있다는 것을 방증하고 있다. 그러면 끼리끼리의 모습 속에 있는 삶의 지향점은 무얼까? 아마 서로에 대해 느끼는 공감(共感)일 것이다. 공감은 말 그대로 상대방의 감정이나 생각에 자신도 같은 느낌이 든다는 것이다.

우리는 살아가면서 수많은 사람을 만난다. 나 역시도 지금까지 셀 수 없는 사람들을 만나고 헤어지면서 살아왔다. 이제는 새롭게 만나는 사람들보다 나를 떠나는 사람들이 훨씬 많다. 그들이 나를 떠나고 나 역시 이런저런 이유로 그들과의 연락이 소원해진다. 그러면서 지금까지 나와 인연이 있었던 사람 중에는 지금까지 변함없이 만남을 지속하고 있는 사람, 기억과 마음속에서 멀리 떠나간 사람, 지리적으로 가깝게는 있지만 잘 만나지지 않는 사람으로 자연스럽게 정리된다. 생각해 보면 지금까지 변함없이 만남을 지속하고 있는 사람이라면 분명 자신과 공감하는 부분이 많은 사람일 것이다.

다시 말하면 '서로 마음이 잘 맞는 사람'이라는 것이다. 그런 사람들과는 사회생활에서 겪을 수 있는 고통으로부터 마음의 치유를 받을 수 있는 기(氣)를 서로 주고받기도 한다. 이것이 공감의 힘인 것이다. 그런 공감의 힘 속에는 보이지 않는 소확행의 강한 에너지가 존재한다. 공감하는 사람과의 관계 속에는 서로로부터 삶의 에너지를 교환하고 있다는 것이다. 소확행을 원하는 자는 '공감하는 사람들과 함께하는 시간을 많이 가져라.'라고 권하고 싶다.

제 2 장

·
·
·

마음속의 삶에 관한 질문

1부 · 자신을 찾아 떠나는 생각의 여행

비록 카멜레온의 삶을 요구하는 사회 속에서 힘들게 살아 왔다고 하더라도 어떻게 우리의 모습을 계절에 따라 모습이 바뀌는 활엽수와 비교할 수 있어.

비교하는 순간 그것은 나 자신의 존재를 카멜레온으로 인정하는 것이 되는 거야.

그럴 수는 없어!

이제부터 자기 자신을 찾기 위해 각자의 길을 떠납시다.

자신의 정신을 찾아가는 길을 가느냐, 껍데기뿐인 자신을 찾아가는 길을 가느냐는 여러분의 생각에 달렸습니다.

'나 자신'과 떠나는 생각의 여행

 나이 이순(耳順)을 훌쩍 넘긴 이때 왜 이런 생각의 여행을 하게
되는 걸까? 세월을 먹으면서 자연적인 현상으로 일어나는 생각
이 많아져서? 소심해져서? 많은 것을 내려놓으니까? 자유로운
시간이 많아져서? 다 맞을 수도 있겠다! 하지만 가장 가능성이
큰 것은 동물과 달리 사람만이 가지고 있는 생각의 DNA 때문이
아닐까 싶다. 그렇다면 이런 생각의 여행은 모든 사람이 다 겪는
과정일 수 있고, 지금 이 순간에도 생각의 방향은 다소 틀릴 수
있겠지만, 필자가 지금 고민하고 있는 '나'는 어떤 모습의 사람일
까에 대해 깊은 고민을 하는 사람들이 분명히 있을 것이라고 굳
이 나 자신을 합리화시켜 본다. 나 혼자만이 하는 생각의 여행이
아니라 지금 이 순간에도 많은 사람이 하는 것이라고…

 그리고 '나'는 어떤 모습의 사람일까? 에 대해 긴 생각의 여행
을 하고 나면 뚜렷하게 남는 것은 없지만 한 번쯤은 꼭 해볼 필
요가 있다고 느끼곤 한다. 이럴 때마다 늘 두 가지 의문은 든다.

첫째는 나의 모습이 어떤 모습이든 그게 뭐 그렇게 중요한가? 아직도 나의 모습에 집착하고 생각하고 있다는 것 자체가 남을 의식하고 있다는 것 아닌가? 하는 의문이다. 정말 남을 의식해서 나는 어떤 모습의 사람일까? 라는 생각을 하는 것이라면 그런 생각을 해야 하는 것이 맞는 것인지 한 번쯤 자신에게 스스로 반문해 봐야 하지 않을까 싶다. 왜냐하면, 그런 목적이라면 자신의 모습을 가식적이고 거짓된 모습으로 애써 만들려고 하는 것이고, 남에게 현재 있는 그대로의 자신보다 뭔가 더 잘 보여야 한다는 욕심에서 생겨나는 모습일 것이기 때문이다. 무엇보다도 이러한 생각의 뒤에는 그에 따른 잘못된 행동들이 뒤따를 수 있기 때문이다.

그래서 '나는 어떤 모습의 사람일까?'에 대한 생각의 여행을 떠날 때는 남을 의식하는 것이 조금이라도 있느냐고 반복적으로 나 자신에게 되물어 보곤 한다. 그럴 때마다 마음속 깊숙이 있는 나 자신이 나에게 답을 전해 온다. 지금까지 살아오면서 국가면 국가, 조직이면 조직, 가족이면 가족을 위해 좌고우면(左顧右眄)하지 않고 최선을 다하면서 살아왔는데 이제는 그 보답으로 자신과 가족의 행복만을 생각해도 되고, 남을 의식할 필요는 더더욱 없다고… 나는 어떤 모습의 사람일까에 대한 생각의 여행은 이기적(利己的)인 것이 아니라 너 자신의 참모습을 찾으려고 하는 것이고 당연히 그럴 자격이 있다고…

두 번째는 그런 생각의 여행을 통해 지나간 자신의 모습을 찾아서 뭘 어떻게 하겠다는 것이냐이다. 생각해 보면 지나온 나의 모습은 그렇게 중요하지 않다는 생각도 들긴 한다. 그런데 어떻게 생각하면 두 가지 의문 모두 아무짝에도 쓸모없고 불필요한 이런 고민을 하면서까지 왜 '나'의 모습에 대해 생각하느냐? 살아가며 걱정해야 할 일들도 많은데 답도 없는 복잡한 문제를 왜 고민하느냐? 반문하는 사람도 있을 것이고, 어떤 사람들은 '나'는 어떤 모습의 사람일까? 라는 문제에 부딪혔을 때 애써 외면해 버리는 사람도 분명히 있을 것이다. 그렇지만 이왕이면 한 번쯤 생각해 보는 것이 좋다고 생각한다. 왜냐하면, 그 생각의 여행을 통해서 자신의 삶의 의미를 찾을 수 있고 그에 따른 삶의 소확행이 분명히 있을 수 있다고 믿기 때문이다.

사실 나 자신도 '나는 어떤 모습의 사람일까?'라는 화두를 놓고 간혹 생각의 여행을 시작하게 된 것이 이순(耳順)이 되는 시점이었다. 수년째 때때로 해 오는 것이지만 진작, 지금도 '나'라는 모습이 어떤 것인지 솔직히 잘 모르겠다. 인터넷상에서 여느 지식인들이 말한 것처럼 사람의 모습이 '말과 행동'으로 나타난다면 지금까지 살아오면서 내가 한 말과 행동의 모습은 일관되지 않은 상황이 많았고, 그러면 나의 모습이 여러 가지일 수도 있다. 그 여러 가지의 모습 중에서 어느 것이 나의 참모습인지 찾아내기가 쉽지 않을 수도 있다. 정말 그렇다면 실망스러운 일이 아닐 수 없다. 하지만 단언컨대 그렇지는 않을 것이다. 왜냐하면, 내가 타고난 DNA는 분명 한가지의 모습일 것이고, 지금까지 살아오면서 남을 의식해서 나의 모습을 만들려고 한 것보다 타고난 DNA대로 살아가려고 노력을 한 시간이 훨씬 많다고 생각하기 때문이다.

'나는 어떤 모습의 사람일까'라고 나 자신에게 던지는 나의 질문을 멈출 생각은 없다. 앞으로도 계속해 나갈 것이다. 이순(耳順)이 넘은 지금 중요한 것은 지나온 나의 모습을 찾는 것보다는 지금까지의 나의 모습을 남아있는 삶 동안 어떻게 다듬어서 완성 시켜야 하는지가 더욱 중요하다는 절박감이 든다. 이 사회에, 내 가족에게, 나를 아는 모든 이들에게, 무엇보다도 나 자신에게 가짜가 아닌 참인 나를 보여줘야 한다고 생각한다. 그것이 이 세상에 태어난 나의 마지막 의무인지도 모른다. 그래서 나의 의지와는 무관하게 나의 모습에 관한 생각의 여행을 간혹 떠나게 되는 것도 어쩌면 나의 숙명일지도 모른다. 나 자신과 단둘이 떠나는 생각의 여행을 통해 DNA로 타고난 나의 참모습을 볼 소중한 기회를 얻을 수 있지 않을까?

만약 얻을 수만 있다면 그것이 소확행의 최고봉일 것이다.

소나무와 활엽수 그리고 '나'

정확하지는 않지만, 언제부턴가 때때로 공허감 속에 빠져들곤
한다. 세월을 먹으면서 생기는 자연적인 현상이라고 그냥 가볍
게 치부하고 싶다. 그러는 것이 마음이 가볍다. 그렇지 않고 왜
이럴까? 하고 생각하기 시작하면 끝도 없이 스트레스만 쌓이고
우울증에 걸릴 것 같다. 그래서 공허감이 들기 시작하면 만사를
제쳐놓고 집 뒤에 있는 작은 산에 오른다.

내가 사는 집 바로 뒤에 위치한 산은 해발 380여 미터의 작은
산이다. 작은 산 오르는 것이 좋아서 지금 사는 집을 택했다. 굳
이 정확히 말하면 경제적인 면도 고려하고, 산에 근접해 있는 집
의 위치가 좋아서라고 하는 것이 맞겠다. 왕복 2~3시간 정도 소
요되는 산을 오르는 것이 좋은 이유는 힘이 많이 들지 않는 상태
에서 계속 걸을 수 있어 많은 생각을 할 수 있게 해주기 때문이
다. 일상에서 문득문득 떠오른 삶에 관한 질문들이 산을 오르내
리는 시간 동안에 정리가 많이 되기도 하고 또 연관하여 나 자신
에게 삶에 대한 추가적인 질문들을 쏟아내기도 하는 시간이다.

삶에 대해 스스로 묻고 답하는 나만의 소중한 시간이랄까…

이럴 때는 산을 오르내리는 내내 지나온 삶과 앞으로 남아있는 삶에 관한 생각들이 과거와 현재, 미래를 아무런 장벽 없이 마음껏 날아다닌다. 이런 사유의 시간에 가장 많이 머무르는 영역은 '나는 어떤 모습의 사람일까? 이다. 아마 앞으로도 이 질문에 대한 사유의 시간이 여전히 많을 것 같다.

물론 나 자신이 묻고 내가 답하는 것이지만 이 질문에 대한 대답은 성공한 사람의 모습, 훌륭한 사람의 모습, 주위로부터 인정받는 사람의 모습 등 지극히 **현실적인 삶의 욕심에서 나타나는 모습**과 말없이 사회에 헌신과 배려를 보여주는 사람의 모습, 주어진 삶에 묵묵히 최선을 다해 살아가는 사람의 모습, 주어진 일과 더불어 성실하게 살아가는 사람의 모습 등 **인간 내면의 가치 우선적인 모습들**이 총 망라된다. 아쉬운 상황은 나의 근저(根柢)에 있는 철학적 지식이 부족해서인지는 모르겠으나 '나는 어떤 모습의 사람일까'에 대해 스스로 질문과 답이 더 이상 진척되지 않고 늘 그 수준에서 뱅뱅 돌고 있다는 것이다. 알을 깨고 나와야 세상을 볼 수 있는 병아리라도 될 덴데 이 삶의 화두에 대한 나의 깨우침은 여전히 부화하지 못한 알의 상태에서 헤매고 있는 수준이다.

때로는 나는 어떤 모습의 사람일까? 에 대한 답을 얻을 수 있겠구나 하고 희망적인 생각의 순간도 있었다. 그 생각의 단편을 소개하면 이렇다. 뒷산을 오르는 등산로에는 다소 많은 나무가 제각각의 모습으로 서 있다. 대부분이 소나무이지만 여러 종류의 활엽수 수종도 제법 끼어있다. 나는 저 나무 중에서 어떤 나무와 비슷할까? 나무에 비교하면 나의 모습에 대해 다소 이해하기가 쉽지 않을까? 나는 늘 큰 변함이 없는 소나무의 모습일까, 아니면 계절마다 다르게 보이는 활엽수의 모습일까? 만약 소나무의 모습이라면 싱싱한 푸른 잎을 달고 있는 저 소나무의 모습일까, 아니면 푸른 잎 사이사이 제법 많은 잎들이 말라서 노랗게 겨우 붙어있는 저 소나무의 모습일까, 그것도 아니면 드물게 보이기는 하지만 가지를 다 달고 있기가 힘에 겨워 몇 개는 부러져 볼품없이 힘겹게 서 있는 소나무의 모습일까? 한동안 생각들이 부딪치는 치열한 사유의 공간에서 나 자신과 나는 시비가 한판 벌어진다.

나 자신 : 야! 네 모습은 싱싱한 푸른 잎을 달고 있는 저 소나무의 모습이야.

나 : 정말? 에이, 아니겠지. 현실의 온갖 세파를 겪어 온 내가 어떻게 푸른 잎을 온통 달고 있는 저 소나무의 모습이 될 수 있어.

나 자신 : 아니, 지금의 너를 비유하는 것이 아니라 지금까지 살아

온 너의 모습을 비유해서 하는 말이야.

나 : 아 참 그렇지, 그렇긴 해도 지금까지 살아온 나의 모습은 분명 온통 푸른 저 소나무는 아닐 거야. 듣기 좋아하라고 네가 지금 거짓말하고 있는 거야. 가지가 부러진 저 힘없는 소나무는 아니겠지만 말라 죽은 잎들이 듬성듬성 붙어있는 소나무의 모습과 비슷할 거야.

나 자신 : 야! 소나무들을 자세히 봐봐. 한창 자라고 있는 어린 소나무는 잎들이 전부 푸르지만, 어느 정도 자란 소나무 중에 전부 푸른 잎들을 달고 있는 소나무가 어디에 있어? 잎들 사이로 속을 들여다봐. 안쪽은 노랗게 말라가고 있는 모습이 안 보여? 이게 오늘날을 살아가고 있는 사람들의 모습이고, 우리들 삶의 진면목이야. 누구나 세월을 어느 정도 먹은 시점에서 그들의 겉모습은 푸르게 보이지만, 안으로는 노랗게 말라가고 있는 저 잎들처럼 이런저런 삶의 흔적들을 안고 있는 거야. 그게 너의 모습이기도 하고…

나 : 그래? 우리의 모습들이 정말 그렇다면 안으로 애써 숨기고 있는 것이 있다는 것이잖아. 아니야, 그런 모습일 수는 없어. 그렇다면 차라리 소나무의 모습이 아니고 싱싱하게 피어있는 활엽수의 모습과 비교하면 어떨까?

나 자신 : 그럴 수는 없어. 비록 카멜레온의 삶을 요구하는 사회 속에서 힘들게 살아왔다고 하더라도 어떻게 우리의 모습을

계절에 따라 모습이 바뀌는 활엽수와 비교할 수 있어. 비교하는 순간 그것은 나 자신의 존재를 카멜레온으로 인정하는 것이 되는 거야. 그럴 수는 없어!

"수고 많습니다!" 지나치면서 인사하는 어느 등산객의 소리에 퍼뜩 현실의 생각으로 돌아와 수고하세요! 라고 황급히 인사말을 건넸다. 이렇게 한바탕 나의 모습에 근접되어 가는 느낌이 드는 심정으로 나 자신과의 논쟁이 끝나고 나면 웬걸 정리된 나의 모습은커녕 오히려 더욱 실루엣 같은 나의 모습만 남는다. 매번 이런 상황들이 반복된다. 오늘도 역시 나 자신과의 논쟁에서 얻은 것 없이 헛생각만 했다는 씁쓸한 마음이 든다. 그래도 산길을 걷는 내내 왠지 마음은 가볍다. '나 자신'을 알아가는 생각의 시간이 이렇게 나의 마음을 가볍게 해주는구나 하고 느끼는 소중한 소확행의 시간이다.

03

라후라야, 발 씻은 물 마실 수 있느냐?

얼마 전 현대불교신문에 게재된 「라후라야, 발 씻은 물 마실 수 있느냐」라는 글을 읽으면서 '지금까지 나에 대한 논쟁은 겉모습만을 두고 했구나!'라는 생각이 갑자기 들었다. 지금까지 뒷산을 오르내리면서 '나'는 어떤 모습의 사람일까? 에 대해 많은 생각을 했었지만, 그에 대한 답을 얻지 못했고 또 앞으로도 답을 얻기가 절대 쉽지 않겠다는 막연한 회의감이 그때마다 들었는데 그 이유가 소나무의 겉모습만을 본 것처럼 나의 겉모습만을 두고 생각했기 때문이 아니었나 하는 자괴감이 들었다.

「라후라야, 발 씻은 물 마실 수 있느냐」의 내용은 대략 이렇다.
"부처님은 라후라가 준비한 물로 발을 씻은 후 대야의 물을 조금 남기시고 라후라에게 물으셨다"
부처님 : "라후라야, 너는 이 대야의 물이 조금 남아있는 것을 보느냐?"
라후라 : "그렇습니다."
부처님 : "라후라야, 고의로 거짓말하는 것을 전혀 부끄러워하지

않는 자들의 출가수행이란 것도 이처럼 조금 남은 대야의 물처럼 하찮은 것에 지나지 않는다. 그럼, 이 발 씻은 물을 마실 수 있겠느냐?"

라후라 : "발 씻은 물은 더러워서 마실 수 없습니다."

부처님 : "너도 이 물과 같다. 사문이 되었는데도 수행을 게을리 하고 마음을 정리하지 못하고 함부로 말을 하며 삼독(三毒)의 더러움이 몸속에 가득 차 있다면 이 더러워진 물처럼 쓸데가 없는 것이다"[22]

라는 내용이다. 즉 부처님은 라후라에게 대야 속에 있는 물을 사람의 모습으로 비교하여 가르친 것이다.

'나는 어떤 모습의 사람일까?'라는 물음에 그동안 소나무의 모습에서 찾았던 나의 겉모습이 아니라, 부처님의 '발 씻은 물 마실 수 있느냐'에서 그의 아들 라후라에게 가르친 것처럼 내 속에 담겨있는 것들로부터 나의 모습을 찾아야 올바른 나의 모습을 찾을 수 있지 않을까 싶다.

사람에게는 2개의 자기(自己)가 있다. 첫 번째는 '자신이 보는 자기'이고, 두 번째는 '남에게 보이는 자기'이다. '자신이 보는 자

22　박재완 기자,「라후라야 발 씻은 물 마실 수 있느냐?」, 현대불교, 2012.12.17.

기'는 외면적인 것보다 자신의 내면을 우선하는 자기이며, 반드시 자신에게 자신은 어떤 사람이냐고 물어야 인지할 수 있는 자기이다. 물어보지 않으면 타인이 말하는 나를 자기 자신으로 생각하는 오류에 빠질 수 있다. '남에게 보이는 자기'는 자신의 내면적인 것보다 외면적인 것으로 타인의 관심이 자기 삶의 중심으로 형해화(形骸化)된 모습이다. 즉 진정한 자신의 모습으로 삶을 살아가는 것이 아니라 타인이 자신을 바라보는 모습으로 껍데기의 삶을 살아가게 되는 자기이다. 또한 '남에게 보이는 자기'는 부처님이 그의 아들 라후라에게 대야 속에 있는 물로서 가르친 내용 중에 있는 삼독(三毒)[23]으로 오염되어 있을 가능성이 크다. 왜냐하면, 우리 인간의 DNA에는 오욕(재물욕, 명예욕, 식욕, 수면욕, 색욕)이 있기 때문이다. 이런 오욕이 인간을 만물의 영장으로 진화시켜 왔고 오늘의 인간 사회를 만든 순기능의 역할도 있었지만, 인간이 만든 오늘날의 사회 구조로 인해 그 속에서 오히려 스스로 오욕의 노예화가 되어버린 역기능도 분명 있다. 그 오욕의 노예화가 자기 자신을 '남에게 보이는 자기'로 만드는 것이다.

부처님이 그의 아들 라후라에게 대야 속에 있는 물로서 가르친

---

23   탐욕, 분노, 어리석음

것에서 보면 오늘날의 '남에게 보이기 위한 자기 자신'은 대야 물에 조금 남은 하찮은 것에 지나지 않는 존재로 분류되지 않을까 싶다. 남에게 보이기 위한 자기를 마치 나인 것처럼 혼돈하여 나를 알아가는 사유의 대상으로 삼는다면 그 결과는 뻔한 일이 아니겠는가? 부처님도 외면으로 보이는 자기를 좇지 말고 내면에 있는 자기를 성찰하면서 찾는 것이 중요하다는 것을 강조한 것이리라 생각한다.

내면에 있는 자기 자신을 보기 위해서는 반드시 자기 자신에게 '나는 어떤 사람인가?'를 물어보라고 했다. 물어보는 수단이 바로 사유라고 생각한다. 이제는 집 뒷산을 오르내리면서 소나무와 활엽수를 보면서 '나' 자신을 찾지 말고 내면에 있는 '나' 자신을 찾는 사유를 해야겠다고 다짐해 본다. '라후라야, 발 씻은 물 마실 수 있느냐'라는 글에서 소중한 깨달음을 얻는다. 이런 느낌을 얻을 때마다 나의 마음은 소확행으로 가득 채워진다.

04

자신의 본모습으로 살자

필자는 자아(自我)를 찾아 떠나는 생각의 여행을 하면서 한 가지 의문이 생겼다. 우리 인간들의 진실한 모습, 본성으로 돌아가는 모습은 과연 어떤 모습일까? 그런 모습을 언제 어떻게 볼 수는 있을까? 그 모습이 있기는 한 걸까? 하는 의문이다.

그 답을 찾기 위해 정신을 가다듬고 현실 세계를 살아가는 사람들의 모습을 찬찬히 들여다보았다. 우선 제일 많이 볼 수 있는 모습은 먹고 살기 위해 아등바등 노력해 가는 모습이다. 나지막하게 부풀어 솟아있는 개미집을 중심으로 주변을 이리저리 분주히 움직이는 개미들과 먹이를 찾기 위해 제법 먼 거리까지 줄지어 갔다 왔다 하는 개미들의 모습과 흡사하다. 아마 도심 속 사람들의 일상의 모습을 500m쯤 상공에서 아래로 내려다보면 개미들의 활동 모습과 거의 닮아있다는 상상을 해 본다.

그러나 아등바등 살아가는 그 속에는 동일한 모습으로 살아가는 사람들이 한 사람도 없다. 부모·형제나 한 직장에 다니는 사람들의 모습도 모두 다르다. 지구상의 사람의 수만큼 다양한 모습들이다. 왜 그럴까? 사람들의 삶은 생각하고, 결심하고, 행동하는 과정의 연속이다. 이런 과정 하나하나에는 반드시 따라오는 결과들이 있고 그 결과들이 쌓여 자기 삶의 모습이 된다. 사람마다 삶의 모습이 다른 이유는 생각하고, 결심하고, 행동하는 것이 다 다르기 때문이라고 생각한다. 특히, 경쟁의 사회, 오해의 사회, 거짓과 진실이 구별되지 않는 혼돈의 사회로 특징 지워지는 오늘날의 사회에서 자기 생각과 결심을 온전히 그대로 행동으로 옮기기는 지극히 어렵고, 따라서 자신의 모습으로 살아간다는 것이 쉽지 않다는 것이 당연할 수도 있겠다는 생각도 든다.

왜냐하면, **경쟁의 사회**는 학교에서 좋은 성적을 얻기 위한 경쟁, 좋은 대학에 들어가기 위한 경쟁, 좋은 직장에 들어가기 위한 경쟁, 직장에서는 자리를 빼앗거나 뺏기지 않으려는 경쟁, 동료와는 먼저 승진하기 위한 경쟁 등 삶 자체가 경쟁으로 점철되어 있고 경쟁을 통해 자신의 삶이 다듬어져 간다. 상황이 이러하다 보니 이 사회에 몸담은 우리는 유독 경쟁에 임하는 마음의 상태가 독해지고 불순해진다. 경쟁에서 가지는 우리 마음의 대부분은 이기는 것만이 최선이고 이기면 모든 것이 끝이 난다고 생각한다. 그래서 이기기 위해 모든 수단과 방법을 동원한다. 상대방에 대한 비방과 모함도 서슴지 않는다. 이렇다 보니 경쟁 후 남는 건 치유되지 않는 마음의 상처와 갈등뿐이다. 이게 경쟁사회에 사는 우리들의 모습이다.

오해의 사회에서는 우리가 모두 자기중심적으로 생각하고 판단한다. 그래서 듣고 싶은 것만 듣고, 보고 싶은 것만 보고, 믿고 싶은 것만 믿는다. 인터넷에서 '직장생활을 가장 힘들게 하는 요인'을 검색해 보면 직장 내 어려운 인간관계가 대부분 상위로 올라와 있고, 반대로 '직장생활을 행복하게 하는 요인'을 검색해 보면 이것 역시 직장 내 좋은 인간관계를 유지하는 것이 거의 상위다. 이 결과는 무엇을 의미하는 것일까? 자신을 힘들게 하는 것은 사회가 복잡해서가 아니고, 회사에서의 일이 힘들고 어려워서도 아니다. 사람과 사람의 관계 즉 사람이 주범이고 그 사람들 모두가 자기중심적으로 생각하고 판단하기 때문에 생기는 오해와 이해에서 직장생활을 어렵게도 하고 행복하게도 하는 것이다. 오해의 사회에서는 개인이 자신의 삶을 온전히 지켜내기가 쉽지 않다. 오해로 인해 마음의 상처도 받고, 자신의 삶이 휘둘리고 원하지도 않았던 방향으로 흘러가는 경우가 허다한 것이 오해의 사회에서 일어나는 현상이다.

또한, 거짓과 진실의 구별이 잘되지 않는 **혼돈의 사회**는 편 가르기 현상이 두드러지게 나타나 어느 편이 아닌 중간지대에서 살아나기가 쉽지 않다. 편 가르기의 사회에서는 옳고 그름의 기준이 없고, 자기편이면 무엇이든 진실이고 반대편이면 진실이더라도 거짓이라고 매도한다. 거짓은 거짓의 모습으로, 진실은 진실의 모습으로 나타나 보여야 하나 이런 모습이 보이지 않거나 아예 뒤바뀌어 나타난다. 혼돈의 사회에서는 그 누구로부터도 진실의 모습을 본다는 것은 불가능에 가깝다고 할 수 있다. 자신은 물론 사회에서 만나고, 보는 모든 사람의 모습은 과장되고 위장되고 허위에 뒤덮인 가면의 모습이라 해도 절대로 틀리지 않을 것이다.

이런 복잡한 사회이다 보니 대부분의 사람은 진작 자신의 모습이 무엇인지조차도 잊어버리고 산다. 알아보려고 하지도 않는다. 혹 알아보고 싶어도 시간적으로 여유도 없다. 종국에는 자신이 누구인지? 어떤 사람인지조차도 알 수 없게 된다. 불행한 일이 아닐 수 없다. 그런데도 이런 경쟁의 사회, 오해의 사회, 거짓과 진실이 구별되지 않는 혼돈의 사회에서 어렵지만 힘겹게 자신의 모습을 찾고, 또 지키려고 노력하면서 살아가려고 안간힘을 쏟는 사람들도 있다.

현재를 살아가는 사람들의 삶의 모습을 크게 분류해 보면 대략 두 가지로 구분되어 보인다. **첫째는 자신의 삶을 살아가는 모습이다.** 자신의 삶을 살아가는 모습 속의 중심에는 항상 자기 자신이 자리 잡고 있는 모습을 볼 수 있다. 즉, 생각하고, 결심하고, 행동하는 것의 중심에 항상 자기 자신이 있다는 것이다. 현대 사회에서 자기 자신을 중심에 둔 삶을 산다는 것은 어렵고 힘들 수밖에 없다. 실망과 힘겨움과 좌절감에 찌들고 웅크려진 모습이 될 수밖에 없다. 그래도 그런 모습들 속에는 변하지 않는 자신의 정신이, 올바른 길을 가겠다는 자신의 본성이 들어 있는 모습이 엿보인다. **둘째는 남의 눈치에 맞춰 살아가는 삶의 모습이다.** 이런 삶의 모습 속에는 자기 자신이 아니라 타인이 들어와 삶을 조종하고 있다. 타인이 자신을 보는 모습에 맞춰 살아가고 있다. 그들이 생각하고, 결심하고, 행동하는 것의 중심에는 진작 자기 자신은 없고 타인만 존재할 뿐이다.

전래동화 속에 『엄마 게와 아기 게』라는 이야기가 있다. 옆으로 걷고 있는 아기 게의 모습을 본 엄마 게가 너는 왜 똑바로 걷지 않고 옆으로 걷느냐고 나무라면서 똑바로 걷는 시범을 보여주는 엄마 게도 그만 옆으로 걷고 마는 이야기다. 비록 전래동화 속의 이야기지만 작가가 이 동화를 통해 하고 싶었던 이야기는 무엇이었을까? 현대적 시각에서 해석해 보면 엄마 게는 생태계에서 살아남기 위해 본능적으로 빨리 도망갈 수 있는 옆걸음으로 걷지만 느리더라도 앞으로 걸어야 올바른 걸음임을 마음속으로는 늘 가지고 있었고, 이것이 게의 종족들 속에 내재 되어 있는 본성임을 아기 게에게 알려주고 싶었을 것이다. 즉 작가 자신은 시류(時流)의 흐름에 떠밀려 이리저리 흐트러진 걸음걸이로 살아가고 있지만 올바르게 걸어가고자 하는 자신의 본성을 잊어버리지 않기 위해서 동화를 통해 자신에게 화두를 던졌던 것은 아닐까?

『엄마 게와 아기 게』의 전래동화는 삶의 목표를 향해 열심히 가고 있는 우리들의 자화상인 것 같아서 어딘지 모르게 씁쓸한 느낌이 들지만, 작가가 삶의 올바른 모습에 대해 고민하고 던진 화두는 오늘날을 살아가는 우리도 한 번쯤은 깊이 생각해 보아야 할 부분이 아닌가 싶다! 똑바로 걸어야 함을 알면서도 약육강식의 환경에서 살아남기 위해 옆으로 걸어갈 수밖에 없는 게와 옆으로 걷는 것만이 올바르다고 생각하며 걷는 게와는 분명 다른 무엇이 있지 않겠는가!

05

소크라테스의 '너 자신을 알라'

소크라테스의 대표적 명언으로 알려진 '너 자신을 알라'는 위키백과에 의하면 "고대 그리스의 유명한 격언으로 델포이의 아폴론 신전 입구에 새겨져 있던 말이고, 소크라테스가 생전에 중요하게 여긴 말"이라고 한다.

소크라테스가 아폴론 신전 입구에 새겨져 있는 '너 자신을 알라'라는 말을 먼저 보고 자신의 철학적 사상을 키워 갔는지, 아니면 애초부터 자신의 부족함과 무지를 자각(自覺)하기 위한 철학적 사유(思惟)를 먼저 하게 되었는지는 알 수 없으나 분명한 것은 과거와 현재는 물론 앞으로도 지구상의 수많은 사람이 그들이 맞이하고 있는 시대적 환경 속에 살면서 한 번쯤은 되새길 수 있는 철학적 명제를 남긴 것은 틀림이 없어 보인다.

'너 자신을 알라'라는 말은 최초로 한 사람이 누구인지도 모르고, 그래서 당연히 그의 의도를 모르는 상태에서 후대의 철학자들이 그 말의 의미를 '너의 부족함과 무지를 깨달아라.'라는 뜻으로 해석하고 있다. 하지만 소크라테스 사후 2,420여 년이 흐른 현대사회를 사는 우리는 '너 자신을 알라'라는 말의 뜻을 사람마다 다 다르게 해석할 수도 있을 것이다. 왜냐하면, 정보와 지식이 넘쳐나고 과학적 해석 수준이 그 어느 때보다도 발달한 현대사회에서 '자신의 부족함과 무지를 깨달아라.'라고 하는 것은 어쩌면 삶에 대한 사유(思惟)의 영역이 아니고 부족함과 무지를 방치하는 게으름의 영역으로 생각할 수 있기 때문이다.

특히 사회적으로 성공한 사람, 많은 부(富)를 가진 사람 등은 자신이 열심히 노력했고 힘들게 살아왔기 때문에 부족하거나 무지하다는 말에 절대 동의하지 않을 것이며 '너 자신을 알라'라는 화두(話頭)에 오히려 자신은 누구보다도 자신을 잘 알고 있다고 말할 것이다. 그렇지만 자신을 잘 알고 있다고 생각하는 사람일수록 자기 자신을 많이 모르는 사람이라고 나는 단연코 말하고 싶다.

우리는 '제1의 삶'을 살아오면서 조그마한 지식을 갖고 얼마나 거만하게 살아왔는지는 '제2의 삶'의 현장에 직접 부딪혀 보면 금방 느낄 수 있다고 생각한다. 지나고 보면 자신이 가진 지식이 세상사에 널려있는 지식에 비하면 너무 작고, 또 맞는지 틀렸는지도 모르는 그 지식에 매달려 때로는 기고만장했다는 후회를 하게 되는 자신을 금방 알 수 있다. 한 줌도 안 되는 그 지식 때문에 자신을 모르고 살아온 세월이 참 많은 것이다. 생각해 보면 그럴 수밖에 없다는 생각도 든다. 왜냐하면 '제1의 삶' 속에는 자신의 가치를 찾기보다는 먹고 살기 위해서, 돈을 벌기 위해서, 사회적 지위를 얻기 위해서 등으로 치열한 경쟁의 삶만이 있기 때문이다. 그래서 '제1의 삶'은 자신을 성장시켜 가는 삶이고, '제2의 삶'은 자신이 누구인가를 알아가는 삶이라고 할 수 있겠다.

생(生)을 마칠 때까지 나 자신이 누구인지를 알지 못한다고 하더라도 나 자신을 찾기 위한 사유(思惟)는 나에 대한 최소한의 의무가 아닌가 하는 생각을 해본다. 그렇지 않으면 이 세상에 와서 주인으로서 살지 못하고 손님으로만 살다가 가는 자신이 될 것 같다는 생각이 많이 든다. 그래서 '제2의 삶'을 사는 나에게 '너! 지금 어떤 삶을 바라고 있나?'라고 누가 물으면 나는 망설임 없이 '자신을 알아가는 삶'을 살고 싶다고 말하겠다. 적어도 '제2의 삶'에서는 나 자신이 경쟁에 내몰리지 않고, 나 자신이 누구인지도 모르고 남이 생각하는 나를 나인 것처럼 착각하면서 살아가는 어리석은 삶을 살아가고 싶지 않다고 나 자신에게 말해 주고 싶다. 세기의 철인인 소크라테스가 단순히 궤변을 늘어놓는 소피스트들에게 그들의 무지를 깨우치게 하려고 자신을 희생시켜 가면서 '너 자신을 알라'고 강조한 것일까? 당시 소크라테스의 마음을 전부 알 수는 없지만 어쩌면 그의 마음속에는 모든 사람에게 자신을 알아가는 삶을 살라고 말하고 싶었던 것이 아니었을까?

'자신을 알아가는 삶'이 과연 어떤 것일까? 복잡한 현대사회를 살아가는 우리들에게 있어 '자신을 알아가는 삶'에서 가장 중요한 것은 자신의 정신(精神)을 찾는 것이라고 말하고 싶다. 정신이란 자신의 마음이나 영혼이고, 자신 속에 내재 되어 있는 자신의 이념이나 사상이다. 호랑이에게 물려가도 정신만 차려도 산다는 옛 속담만큼이나 정신은 개인에게 중요한 정체성이다. 정신이 없으면 자신의 삶은 껍데기만 있는 삶이고 자신의 삶의 주인공은 남이 되는 것이다. 그런 삶 속에서는 소크라테스가 강조한 자신의 부족함과 무지조차도 깨닫지 못한다. 특히, 살아가기에 급급한 현대인들에게는 더욱 그럴 수밖에 없지 않겠는가!

『소크라테스 변명』에서 읽은 글귀가 생각난다. *"이제 떠나야 할 시간이 되었습니다. 각기 자기의 길을 갑시다. 나는 죽기 위해서 여러분은 살기 위해서, 어느 쪽이 더 좋은가 하는 것은 오직 신만이 알 뿐입니다."*[24] 삶에는 선택의 기로가 많다. 어느 길을 선택하느냐에 따라 생과 사가 결정되기도 하고 굳이 생과 사의 문제만큼 크지는 않더라도 자신의 삶에 지대한 영향을 미치는 것들이 많다. 필자는 소크라테스의 말을 인용해서 이제는 자기 자신을 찾기 위해 각자의 길을 떠납시다. 자신의 정신을 찾아가는

---

24 플라톤 저. 『소크라테스의 변명』, 황문수 옮김. 문예출판사, 1990.

길을 가느냐, 껍데기뿐인 자신을 찾아가는 길을 가느냐는 여러
분의 생각에 달렸습니다.

2부 · 자신의 삶에 던지는 질문

오늘 문득 알렉산드르 푸시킨의 '삶이 그대를 속일지라
도'라는 시구와 함께 떠오른 그동안 살아오면서 삶이 나를
속인 것이 있나? 아니면 내가 나의 삶을 속인 것이 있나?
에 대한 의문은 결국 삶이 나를 속인 것도, 내가 나의 삶
을 속인 것도 남의 일에 참견하는 자, 교만한 자, 사기꾼, 시
기심이 많은 자 등의 사람들에서 일어나는 것이다.

지금까지 열심히 살아왔는데 이제 보니 모든 것이 나의 운
명 속이더라.

어느 생각의 길로 가든 살아가면서 자신의 삶 속에 희(喜)
와 락(樂)을 많게 하고 로(怒)와 애(哀)를 적게 하기 위해
서는 타고난 운대로 살아라.'라는 화두를 자신의 호주머니
에 넣어두고 때때로 자신에게 던져 보라.

지난 삶에 관한 질문,
남아있는 삶에 관한 질문

지나간 삶에 대해 질문을 한다는 것 자체가 자신의 삶에 아쉬움과 후회스러움 등이 많이 있기 때문일 것이다. 나 역시 사유(思惟) 속에 빠져들 때면 지난 삶에 대한 것들과 앞으로 가야 할 삶에 대한 질문들을 많이 한다. 왜 이런 질문들이 많을까 하고 생각해 보면 지난 삶에 대한 회한(悔恨)을 아직도 버리지 못하고 있다는 것일 것이고 또 남아있는 삶에 대한 준비가 아직 되어 있지 않다는 것일 것이다. 나의 경우 지나간 삶에 대해 던지고 있는 질문 중 몇 가지를 든다면 '나는 어떤 사람이었나?', '나는 나의 정신(精神)을 갖고 살아왔나?', '나는 성공한 인생인가?' 하는 것들이다. 나는 이런 주제들을 포함한 사유(思惟)의 내용들을 『이순(耳順)에 삶을 말하다』25로 정리하여 출간한 적이 있다.

---

25   이옥규 저, 『이순(耳順)에 삶을 말하다』, 맑은 샘, 2018

'나는 어떤 사람이었나?'에 대한 질문에는 나 자신의 기준이지만 나 자신을 볼 수 있었던 상황이었을 때는 나의 주변에 있었던 사람들의 진면목(眞面目)을 볼 수 있는 마음의 눈이 있었던 것 같고, 나 자신을 볼 수 있는 여유가 없었을 때는 세상사 옳고 그름을 분별할 수 없었던 것 같았다. 하지만 아쉽게도 가족과 함께 먹고 살아가야 하는 현실적인 문제와 한 줌도 되지 않았던 욕심으로 인해 내 삶의 대부분 시간은 나 자신의 내가 아니고 남이 생각하는 나를 마치 나인 것처럼 혼돈하면서 살아왔고, 남의 눈을 많이 의식하다 보니 나 자신을 볼 수 있는 여유가 있었던 시간은 거의 없었던 것 같다.

'나의 정신(精神)을 갖고 살아왔나?'에 대한 질문에 대해서는 살아오는 동안 나름대로 올바르게 생각하고 판단하면서 얻은 경험과 지식을 나의 가치관이나 신념으로 만들고 이를 사람들에게 변함없이 보여주어야 했으나 나는 그런 생각과 모습을 보여준 적이 별로 없었던 것 같고 이는 다시 말하면 그동안의 나는 정신을 내려놓고 껍데기로만 살아온 인생이었다. 라는 생각이 든다. 변화하지 않는 것(정신)이 변화하는 것(욕심)에 휘둘리면 자신의 존재 가치가 상실되는 평범한 진리를 잊고 살아온 결과가 아니겠는가!

또 '나는 성공한 인생인가?'라는 나 자신의 물음에 다음과 같이 답했던 적이 있었다. "인생은 자기 스스로 가야 할 길을 가고,

가고 싶은 길을 선택해 가야 하나 자기 뜻대로 갈 수 없는 것이 인생이다. 자신은 온갖 불의에 타협하지 않고 올바르게 걸어가는 것 같지만 어떤 사람들은 게걸음으로 간다고 하고 또 다른 사람들은 바로 걸어간다고 한다. 어떤 사물이 흰색인데 그것을 주위 사람들이 검정이라고 우기면 검정으로 치부되는 것이 세상사다. 사물의 본질은 바뀌지도 않고 바꿀 수도 없지만, 인생사에서는 그것을 너무 쉽게 바꾸어 생각해 버린다."

결국, 혼탁한 세상에서는 자신의 정체성이나 성공에 대한 자신만의 확고하고 투명한 기준이 없으면 성공한 인생은 절대 존재하지 않는다. 즉 남이 자신을 두고 '당신은 성공한 사람'이라고 해준다고 해서 성공한 사람이라고 할 수 없고, 이기심이 가득한 마음으로 온갖 부와 명예를 얻었다 하더라도 성공한 사람이라고 할 수 없다. 자신이 스스로 분명한 정체성과 정직한 성공의 기준을 갖고, 나는 성공한 사람이라고 할 수 있을 때 진정으로 성공한 인생이라고 할 수 있을 것이다. 그것이 민초(民草)의 인생이더라도 말이다.

남아있는 삶에 대한 질문은 주로 **내려놓음과 건강 그리고 '지난 삶 속에서 얽히고설킨 인연과 그에 대한 보은(報恩) 그리고 베풂에 대한 것'들이다.** 내려놓음에 대해서는 앞에서 이미 언급했기 때문에 여기에서는 더 이상 쓰지 않으려고 한다.

건강에 대해서는 남녀노소, 지위고하(地位高下)를 막론하고 지대한 관심사 중 하나일 것이다. 요즘 많은 사람의 새해 바람은 당연히 건강이 으뜸이다. 특히 나이를 먹음에 따라 자신의 삶에 더욱 간절하고 소중하게 와 닿는다. 건강을 소망하는 최종 목표는 흔히 말하는 '9988234'다. 이것보다 더 바람직한 삶은 없을 듯싶다. 하지만 인간사 생로병사(生老病死)가 어느 정도 타고난 운명임을 감안하면 개인의 희망이나 의지대로 될 수 없고 그래서 정말 어려운 목표인 것만은 사실이다. 그렇다고 건강에 대해서만큼은 운명론의 신봉자가 되면 안 된다. 왜냐하면 생로병사(生老病死) 중 생(生), 로(老), 사(死)는 운명적인 부분이 강하더라도 병(病)은 자신의 노력에 따라 얼마든지 달라질 여지가 있는 것이기 때문이다. 그래서 나는 오늘도 남아 있는 삶에 대한 질문과 함께 건강한 삶을 위해 열심히 걷는다. 나 자신이 할 수 있는데 까지는 최선을 다해 건강한 삶을 위한 노력을 해야겠다는 다짐을 해본다.

'지난 삶 속에서 얽히고설킨 인연과 보은(報恩) 그리고 베풂에 대한 것'에 대해서는 이제 나의 단상(斷想) 중에 상당한 부분을 차지하고 있다. 그만큼 지나온 삶에 대한 회상과 그 회상 속에는 그동안 나에게 도움을 준 많은 이들에게 고마움과 보은(報恩)을 하고 싶은 마음이 늘 자리 잡고 있다는 것이다. 나는 어렸을 때 어르신들이 '사람이 도리(道理)를 다하고 산다는 게 참 어려운 일이다.'라는 말을 종종 들었다. 도리(道理)의 기본 의미는 '마땅히 행해야 할 바른길'이다. 나는 요즘에서야 옛날 어르신들이 하신 이 말씀이 맞다는 것을 절실히 느끼고 있다.

　나에게 도움을 준 많은 사람에게 직접 보은(報恩)을 드려야 하거나, 그러지 못하는 상황이면 받은 만큼 도움이 필요한 또 다른 누군가에게 주어야 하는 것이 지금 내가 해야 할 도리(道理)이나 마음에만 가둬 놓고 행동으로 옮기지 못하고 있는 나 자신이 참 불만스럽다. 언젠가는 반드시 해야겠다고 나의 버킷리스트 제일 앞에다 올려놓아 본다.

삶이 나를 속이나, 내가 삶을 속이나?

러시아의 위대한 시인이자 러시아 문학의 창시자로 평가받고
있는 알렉산드르 푸시킨의 「삶이 그대를 속일지라도」라는 시가
있다.

삶이 그대를 속일지라도
슬퍼하거나 노여워하지 말아라
슬픈 날은 참고 견디라
기쁜 날이 오고야 말리니.

마음은 미래를 바라느니
현재는 한없이 우울한 것
모든 것 하염없이 사라지나
지나가 버린 것 그리움이 되리니

삶의 어려운 시기를 견뎌온 우리 국민 대부분은 위 시가 어떤
시인이, 언제 지었는지는 모르더라도 첫 번째 문장인 "삶이 그대

를 속일지라도 슬퍼하거나 노여워하지 말아라."라는 말은 알고 있고 한 번쯤은 스스로 자신을 위로하는 심정으로 되뇌어 보았을 것으로 짐작한다. 나 역시 언제부터인지는 모르겠으나 이 한 문장은 나의 기억 속에 늘 머물러 있었고 현재도 마찬가지이다. 그런데 어느 날 문득 이 시구(詩句)가 떠오르면서 한 가지 의문이 들었다.

'그동안 살아오면서 삶이 나를 속인 것이 있나? 아니면 내가 나의 삶을 속인 것이 있나?'

아마도 그동안 살아오면서 크고 작은 수많은 삶의 결과들에 대한 이런저런 생각들과 함께 떠오른 삶의 메아리일 수도 있겠다는 생각과 동시에 마음 한구석에는 무슨 쓸데없는 생각을 하고 있나 하는 생각도 들었지만, 한편으로는 한 번쯤은 나 자신에게 물어볼 수 있는 질문이라는 생각도 든다.

우선, 내가 나의 삶을 속이고 있다는 것은 어떤 것일까? 아마도 '나 자신의 내가 아니고 남이 생각하는 나를 마치 나인 것처럼 살아온 삶'이 아닐까 싶다. 이런 삶 속에는 실체의 내가 없고 남이 생각하는 나, 즉 나의 허상이 나를 대신해 자리 잡고 있다. 나의 허상이 주도하는 삶을 따라 살다 보면 당연히 본연의 나에 대한 기만, 위선 등이 있을 수밖에 없지 않겠는가! 아니, 삶 속에서 간간이 또는 어쩔 수 없이 행(行)했던 그런 소수의 기만, 위선이 아니고 허상을 좇는 삶 자체가 통째로 '본연의 나'에 대한 기만이고 위선의 삶일 것이다. 이런 삶을 사는 사람들은 대부분 권력과 부를 인생의 목표로 삼는 사람들일 경우가 많다.

물론 사람이라면 누구나 이런 인생의 목표를 갖고 또 그것을 이루려고 최선을 다해 살아가야 하는 것도 당연하다 할 것이다. 이것을 통째로 부정하고자 하는 것이 아니다. 다만 이런 사람들일수록 대부분 자신의 허상을 좇게 되는 경우가 많다는 것이다.

하지만 이런 사람들이 허상의 자신을 좇는 것이 아니라 본연의 자신의 삶을 좇는 것이고 이런 인생의 목표를 갖지 않는다면 인생의 발전도 없고 무슨 삶의 의미가 있나 라고 강변할 수도 있을 것이다. 정말 이런 사람들이 본연의 자신의 삶의 목표를 찾는 것이라면 우리는 그 사람의 삶의 행적에서 노블레스 오블리주의 흔적을 찾아보면 된다. 만약 없다면 아무리 강변해도 자신의 허상을 좇아 살아가는 사람일 것이다. **자신의 내가 아니고 남이 생각하는 나를 마치 나인 것처럼 살아갈 때 내가 나의 삶을 속이는 것이다.**

그럼 삶이 나를 속이고 있다는 것은 어떤 것일까? 사람이 살아가는 구조는 복잡하다. 사람 자체가 복잡하다기보다 사람이 살아가는 사회가 복잡하다고 보는 것이 맞겠다. 이런 사회도 결국은 사람들이 만든 것이지만 말이다. 지금도 이런 사회는 만들어져 가고 있고 현재 진행형이다. 먼 미래에도 결코 완성형인 사회구조는 없을 것이다. 지금도 사람들은 단편적으로 사회 조각을 만들어 기존 사회 형태에 붙여 나가고 있다. 이럴 때마다 이것을 만들어 붙이는 사람들은 그로 인해 사람들이 더 편안하고 행복해질 수 있다고 확신하며 만들어 붙인다. 그런데 과연 그럴까? 아마도 모든 사람이 동의하진 않을 것이다. 동의하지 않는 이유는 여럿 있겠지만 그중 하나는 정직하게 살아도 삶의 결과는 정반대의 결과가 나오는 것이다. 나는 이런 것이 삶이 나를 속인다고 생각한다. 그런데 나를 속이는 삶의 주체는 결국 사회가 아니라 그 사회 속에서 살아가고 있는 사람들이다. 일종의 나쁜 사람들, 이런 사람들이 자신의 이익을 위해 모든 이들이 편안하고 행복하게 살 수 있게 만들어 놓은 사회구조를 악용하여 타인의 삶을 망가트리고 또한 나의 삶으로 들어와 마치 나의 삶을 위해주는 것처럼 위장하여 나를 속이고 있는 것이다.

마르쿠스 아우렐리우스의 기준으로 보면 현대를 살아가는 사람들은 두 종류가 있다. 한 종류는 정직하게 살아가는 사람들이고 다른 한 종류는 남의 일에 참견하는 자, 교만한 자, 사기꾼, 시기심이 많은 자 등에 해당하는 사람들일 것이다. 오늘 문득 알렉산드르 푸시킨의 '삶이 그대를 속일지라도'라는 시구와 함께 떠오른 그동안 살아오면서 삶이 나를 속인 것이 있나? 아니면 내가 나의 삶을 속인 것이 있나? 에 대한 의문은 결국 삶이 나를 속인 것도, 내가 나의 삶을 속인 것도 마르쿠스 아우렐리우스의 두 번째 기준에 해당하는 사람들에서 일어나는 것이다. 라는 생각이 든다.

03

연어의 삶, 우리들의 삶

연어는 10월 말에서 11월 초쯤에 강원도 고성의 북천과 명파천, 양양의 남대천, 강릉의 연곡천과 낙풍천, 삼척의 오십천과 마읍천, 가곡천, 그리고 경북 울진의 왕피천 등으로 회귀해 오는데 대표적인 곳이 남대천이다. 우리나라 외에도 태평양 연안국인 미국, 캐나다, 일본, 러시아 등에도 회귀하는 연어의 모습을 볼 수 있다.

회귀하는 연어의 모습에서 사람들의 삶의 모습을 비유한 글들을 간혹 볼 수 있다. 나 역시도 요즘 삶에 대해 사유(思惟)하다 보면, 가끔 방송을 통해 본 적이 있는 남대천으로 회귀하는 연어의 모습이 사람들의 삶의 모습과 겹쳐 떠오르곤 한다. 특히 거센 물살을 힘차게 차고 오르는 모습, 물이 야트막한 곳에서는 등을 반쯤이나 내놓고 바닥에 먼지를 일으키면서 힘겹게 헤엄치는 모습, 또 제법 높이의 차이가 있는 곳으로 올라가기 위해 떨어지는 물살을 거슬러 온 힘을 다해 몇 번이나 반복으로 튀어 오르는 모습, 그리고 조그만 돌과 모래를 온몸으로 헤쳐 알을 낳기 위한 장소를 만드는 모습과 마침내 온몸이 헤지고 지느러미를 움직일 힘조차 없어 보일 정도로 지친 모습 등이 나의 사유 속에서 사람들의 삶의 모습과 많이 겹쳐 보인다.

연어는 왜 그렇게 힘든 삶의 과정을 겪을까? 꼭 그렇게 해야만 하는 걸까? 물론 그렇게 해야 하는 근본 배경에는 종을 번성시켜야 하는 DNA 때문일 것으로 이해는 한다. 그렇다 하더라도 좀 더 쉬운 방법으로 종을 이어 나갈 수 있는 DNA적 선택 방법은 없었을까? 즉 살기 좋은 모천에서 일생을 지내면서 번식시키는 방법이나 모천으로 회귀하지 않고 그냥 넓은 바다에서 여느 물고기처럼 종을 번식시키면서 살아가는 방법 등 긴 세월 동안 종을 유지하면서 나름 편안한 방법으로 종이 진화될 수 있는 DNA를 가질 수는 없었을까? 그런 DNA를 가지지 못한 것은 나의 지식으로는 그것이 연어에게 주어진 생태의 운명이라고밖에는 달리 해석할 방법이 없을 것 같다. 모천에서 어느 정도 성어가 되면 그 먼 바다로 나가는 것도, 또한 바다에서 수년을 성장한 후 다시 수많은 위험이 도사린 모천으로 회귀하는 것도 연어들의 선택적 상황들이 아니라 모두 연어의 정해진 생태적 운명일 것이다. 마치 운명이 '그 길을 가라'는 명령에 도취 된 듯이 말이다.

물론 이것은 연어뿐만이 아닐 것이다. 어쩌면 인간을 포함하여 지구에서 존재하는 모든 동식물의 생태에는 이런 운명적인 무언가가 작동되고 있다고 보는 것이 맞지 않겠는가? 남대천으로 회귀해 오는 연어의 모습을 보면서 사람들의 삶의 모습이 겹쳐 떠오른 이유 역시 이런 DNA적 공감대가 작동한 것 때문이 아닐까 싶다.

사람들 삶의 바탕에 흐르는 세월과 함께 노병(老病)과 희로애락이 있다면 연어의 삶의 바탕에는 흐르는-물살이 있는- 강과 바다가 있다. 연어는 이런 삶의 바탕 속에서 어느 시기는 흐르는 강물에 떠밀려 가고 어느 시기는 거센 강물을 온몸이 헤지는 고초를 겪으면서 거슬러 올라간다. 연어의 삶의 정점은 온갖 위험을 무릅쓰고 거센 강물을 거슬러 올라가는 시기일 것이다. 이런 모습은 마치 주어진 운명에 도전해 보겠다는 모습처럼 처절하다. 그러나 우리는 그런 연어의 모습을 운명에 도전해 보겠다는 애절한 모습보다는 당연히 행해지는 연어들의 삶의 과정으로 생각한다. 이러한 연어의 삶이 마치 타고난 그들의 운명인 것처럼…

그렇다면 우리 인간들 역시 연어의 운명처럼 자신의 삶의 목적을 위해 끊임없이 도전하고 때론 실패하면서 그 과정에서 노병(老病)과 희로애락(喜怒哀樂)을 갖는 것 자체가 통째로 운명이 아닐까? 다시 말하면 명예, 권력, 재산 등에 도전하는 것도, 그리고 성공하고 때로는 실패와 좌절을 겪는 것도 타고난 운명이요, 늙

고 병들고, 희로애락을 얻는 것도 모두 타고난 자신들의 운명이
작동하고 있는 결과들이 아닐까?

　그동안 살아오면서 나에게 일어난 모든 삶의 결과들이 모두 운
명적인 산물이었다는 것을 받아들이기는 쉽지 않다. 왜냐하면,
나름대로 열심히 살아왔고 삶의 순간순간 최선을 다해 노력해
왔다고 자부하고 있기 때문이다. 그런데 최근의 삶에 대한 사유
(思惟) 속에 정말 나 자신이 노력한 대로 삶의 결과들이 이루어졌
나? 아니, 노력에 대한 결과가 아니더라도 가고자 하는 삶의 방
향이라도 원하는 대로 갔나? 하는 의문이 많이 드는 것을 보면
온전히 나의 노력과 의지대로 나의 삶을 잘 이끌고 왔다기보다
는 뭔가 보이지 않는 힘이 나의 삶 전체에 영향을 미쳤다는 것을
많이 느낀다. 그렇다면 결국 우리 인간들의 삶도 더 높은 곳에
서 내려다보면 삶 전체가 연어의 일대기와 같이 하나의 운명으
로 뭉텅 거릴 수 있다는 생각도 든다. 그러나 그렇게 생각한다고
하더라도 인간들은 결코 모든 삶을 운명에 맡기고 자신의 삶을
돌보지 않는 운명론자는 될 수 없을 것이다. 왜냐하면, 인간들은
운명론자가 되지 않을 DNA를 갖고 있고 이것 또한 인간들의 타
고난 운명이기 때문이다. 하지만 인간들은 타고난 운명의 굴레
속에서 살아가면서도 결코 운명적인 것이 아닌 것처럼 다가오는
삶에 대해 적극적으로 도전해 가는 것이 진정 자신의 모습인 것
처럼 그렇게 생각하고 있다. 이게 타고난 우리의 삶의 모습이 아

닐까 싶다.

그런데도 요즘 이런 생각이 많이 든다. '지금까지 열심히 살아
왔는데 이제 보니 모든 것이 나의 운명 속이더라'

04

타고난 운대로 살아라

우리의 삶의 과정을 한마디로 표현하라면 '운명의 시간적 나열 (羅列)'이라고 하고 싶다. 그동안의 삶을 뒤돌아보면 크고 작은 삶의 결과 하나하나가 운명이라는 용어를 적용하지 않으면 해석되지 않는 부분이 정말 많다. 그렇다면 행운과 불운이 공존하는 운명은 어떤 것일까? 인터넷상의 자료와 사전의 뜻을 종합해보면 운명은 운수(運數)와 명수(命數)가 있다. 운(運)은 "태어난 날을 기준으로 하여 육십갑자의 순환에 따라 해마다 다가오는 것"이고, 명(命)은 사주팔자에 나오는 것처럼 "태어난 순간의 년ㆍ월ㆍ일ㆍ시에 따라 결정"된다고 한다. 즉, 운(運)은 자신이 하기에 따라 다가오는 모양이 변할 수 있는 동적인 상황이고, 명(命)은 태어날 때 이미 결정되어 더 이상 변경될 수 없는 상황이 자신을 기다리고 있는 것으로 이해된다.

굳이 위의 학문적인 해석이 아니더라도 우리는 살아오면서 온갖 삶의 세파를 온몸으로 직접 체험한 부모 세대들로부터 "운명은 어쩔 수 없이 타고난다"라는 말도 들어봤고 "최선을 다한다면 운명도 극복할 수 있다"라는 말도 많이 들어봤다. 전자는 명

수(命數)에 해당하는 말이고 후자는 운수(運數)에 해당하는 말일 것이다. 특히 전자는 나 자신 역시도 살아오면서 분에 넘칠 정도의 좋은 일이 있었을 때는 운(運)이 좋았다는 말로 상황을 설명한 적도 있었고, 도저히 어찌할 수 없는 악재들이 닥쳐왔을 때는 운(運)이 나빠서라고 스스로 위로하기도 했었다. 이처럼 운명(運命)은 선천적인 것으로 변경될 수 없는 명(命)과 후천적인 것으로 자신의 노력 여하에 따라 변화시킬 수 있는 운(運)이 혼재되어 전개되는 모습이 우리의 삶의 모습이라고 말할 수 있겠다.

그리고 나의 삶의 경험에 비춰보면 운(運)에도 두 가지가 있다고 본다. 하나는 자신이 어찌할 수 없는 것, 소위 말하는 명(命)과 같은 운(運)이 있고 다른 하나는 자신이 어느 정도 관리할 수 있는 운(運)이 있다. 자신이 관리하여 자신의 것으로 만들 수 있는 운(運)이 어느 정도 존재한다는 것이다. 다시 말하면 자신의 삶의 결과가 모두 어쩔 수 없는 것이 아닌 것도 있다는 것이다.

우리의 삶은 희로애락(喜怒哀樂) 그 자체다. 희(喜)와 락(樂)이야 그것이 명(命)처럼 어쩔 수 없이 왔건 아니면 자신이 관리할 수 있는 운(運)으로 왔건 상관없이 그대로 받아드려 누리면 되는 것이지만 로(怒)와 애(哀)는 상황이 다르다. 자신의 삶의 질과 직결된다. 모두가 행복한 삶을 원하지만 로(怒)와 애(哀)가 있는 한 결코 행복한 삶을 얻을 수 없고, 오히려 많고 적음에 따라 스스로 생을 포기하거나 좌절하여 자신의 삶을 더 깊은 나락(奈落)으로 떨어뜨리기도 한다. 따라서 행복 온도를 올리기 위해서는 자신의 삶 속에 있는 희(喜)와 락(樂)을 가능한 한 많게 하고 반면에 로(怒)와 애(哀)를 적게 해야 한다. 어쩌면 이것이 우리가 모두 원하는 삶의 궁극적 목표일 것이고, 또한 삶의 운명(運命) 속에서 그나마 우리가 할 수 있는 부분일 것이다. 하지만 욕심의 DNA가 뼛속 깊이 박혀있는 우리 인간들에게는 이것마저도 절대 쉽지 않은 일인 것만큼은 분명하다. 왜냐하면, 그 욕심의 DNA가 자신에게 희(喜)와 락(樂)이 올 때는 더 많은 것을 원하기 때문에 희(喜)와 락(樂)의 행복 온도를 낮추게 하고, 로(怒)와 애(哀)가 올 때는 절망감으로 인해 그나마 남아있는 행복 온도를 더욱 차갑게 만들기 때문이다.

그러면 자신의 마음속에 희(喜)와 락(樂)은 최대화시키고, 로(怒)와 애(哀)를 최소화하기 위해서는 도대체 어떻게 해야 할까? 68여 년의 삶의 경험상 나는 '타고난 운대로 살아라.'라는 삶의 화두를 자신에게 던지라고 권하고 싶다. 화두는 자신에게 현실 세계의 상황을 인지하고 이해할 수 있는 간결하면서도 강한 메시지이다. 이런 메시지 속에는 관리할 수 있는 삶은 최대한 노력하여 희(喜)와 락(樂)은 최대화시키고, 관리할 수 없는 삶은 그대로 받아드려 로(怒)와 애(哀)를 최소화시킬 힘이 있다. 관리할 수 없는 삶이란 것은 최선을 다하고도 자신의 것이 되지 않는 삶이다.

자신이 아무리 노력해도 자신의 것이 되지 않는 것에 자신의 삶을 모두 맡기는 어리석음을 왜 하려고 하는가? 왜 그것에서 손을 떼지 못하고 잡으려고 그토록 애를 쓰고 있는가? 거기에서는 희(喜)와 락(樂)을 찾을 수 없고 로(怒)와 애(哀)만 더해질 뿐임을 왜 모르고 있는가?

　사람의 생각에는 행복의 길로 가는 생각과 불행의 길로 가는 생각이 있다. 누구나가 별 고민 없이 하는 생각이지만 어떤 방향의 길로 생각을 시작하느냐에 따라 자신의 삶에 대한 결과는 천지차이(天地差異)를 가져올 수 있다. 또한, 인간의 DNA 속에는 어떤 생각의 길로 접어들기 시작하면 그 길을 좀처럼 변경하지 못하고 계속 빠져드는 인자가 있다. 그래서 생각의 시작이 중요하다. 하지만 동시대를 살아가고 있는 주변 사람들을 둘러보면 행복의 길로 가는 생각을 하는 사람들보다 불행의 길로 가는 생각을 하는 사람들이 훨씬 많은 것 같다. 하기야 그것이 인간이 가진 본성이라 어쩔 수 없는 것이라 이해는 하지만…

　어느 생각의 길로 가든 살아가면서 자신의 삶 속에 희(喜)와 락(樂)을 많게 하고 로(怒)와 애(哀)를 적게 하기 위해서는 '타고난 운대로 살아라.'라는 화두만큼은 자신의 호주머니에 넣어두고 때때로 자신에게 던져 보라고 권하고 싶다.

05

당신의 가치관은 안녕하신가?

어느 날 문득, 젊었을 때 꽤 자긍심을 갖게 했던 나의 가치관에 대해 '지금은?'이라는 의문이 들었던 시간이 있었다. 그때는 가치관을 살아가면서 지켜야 할 것들로 인식하고, 늘 마음속에 담아두면서 지키려고 제법 많은 노력을 했었던 기억이 아련하다. 그런데 그 가치관이라는 것이 나의 삶에 있어서 도대체 뭐였지? 또 당시에 내가 가졌던 그 가치관을 얼마나 많이 실행하면서 살아왔나? 하는 생각이 갑자기 난 것이다.

기억을 되돌려보면 나는 고2~고3 시기에 나의 가치관을 가졌었다. 아마 당시 내가 직면한 생활환경과 주변의 상황으로 인해 비교적 이른 시기에 갖게 된 것이 아닌가 하는 생각이 든다. 그리고 그것은 고3 때 결심한 나의 첫 진로에 결정적 영향을 미치게 되었다. 그렇게 해서 들어선 나의 인생의 길에서 35여 년을 보냈고, 지금도 그 연장선상에서 삶의 자락을 잡고 있다. 그런데 지금에 와서 그때의 가치관을 생각해 본다는 것이 무슨 의미가 있나? 하는 생각도 든다. 하지만 누군가는 이 글을 읽고 자신의 가치관에 대해 한 번쯤 다시 생각하는 계기가 된다면 좋겠다. 만약에 지금도 그때의 가치관을 따르고 있다면 현재 자신의 삶에서 어떤 위치를 점하고 있는지와 현재의 삶에서 그 가치관을 무리 없이 계속 지켜가고 있는지, 반면에 지금 가치관을 따르고 있지 않다면 그 가치관을 계속 가지고 있어야 하는지 아니면 갖지 않아도 되는지 등등에 대해 한 번쯤은 생각해 볼 가치는 충분히 있다고 본다.

필자가 고2~고3일 때는 가치관이란 단어가 사회 전반적으로 꽤 비중 있게 회자 되고 있을 때였다고 기억한다. 마치 꿈과 용기를 갖고 도전하는 청년들에게는 자신의 인생 목표를 가질 수 있고 더불어 자존감을 높일 수 있는 가장 적합한 단어였고, 사회의 지식인들에게는 자신이 커온 모습을 자랑할 수 있는 1호 목록 정도로 인식될 수 있었던 단어였다. 그 당시 젊은 사람이라면 누구나 한 번쯤은 자신의 가치관을 자신 스스로 또는 여러 가지 상황에서 타인에게 이야기해 본 경험이 있을 것이다. 그런데 당시에 그 가치관이라는 용어의 개념을 정확히 이해하고 사용한 것일까?

인터넷 위키 백과사전에 의하면 가치관은 '사회사상과 일상생활에서 의식의 결합 속에 형성되며, 그 개념은 두 가지의 측면을 내포한다. 첫째는 어떠한 행위가 옳고 틀린 것이냐 하는 도덕적 판단의 기준이고, 둘째는 어떠한 상태가 행복하고, 불행한가를 판단하는 것으로 양자는 서로 함께 생활이나 행동을 판가름하는 기준이 된다'로 정의하고 있다. 또한, '선악의 판단은 현대에서는 입장을 달리하는데 따라서 아주 역전하기도 하는 것이어서 좋고 나쁜 것을 확실하게 가릴 수 있는 권위 있는 존재는 찾을 수 없다. 이러한 상황 속에서 사람들은 다만 나의 행복이라는 측면에서만 생활의 기준을 찾게 된다. 그러나 사회와의 결합관계를 잃은 가운데서 구하는 이 기준은 불안정한 것이고 그만큼 한편에서는 사람들을 불안으로 몰고 가는 원인이 되기도 한다.'라고 부가적인 해석도 해 놓고 있다.

그런데 정의가 다소 복잡하다. 어떤 행위가 옳고 틀린 것이냐, 어떤 상태가 행복하고 불행한 것인가를 판단하는 기준이면 되지 그 기준이 상황에 따라 바뀔 수 있는 부가적인 해석을 내놓으면서 조금 복잡하게 된 것 같다. 그래서 내 나름의 이해력을 동원해서 해석을 해보면 결국은 가치관은 상황에 따라 또는 사람에 따라 조금씩 달리 정의될 수 있는 여지가 있다는 것이다. 그러면 정말 자신의 가치관을 조금씩 변경시켜 가면서 살아야 하는 걸까? 만약 그렇다면 그런 가치관을 가질 필요가 있을까 하는 또 다른 의문이 든다.

어쨌든 위 정의를 기준으로 본다면 당시에 내가 가졌던 가치관이 살아오면서 '옳고 틀리고, 행복하고 불행하고를 판단하는 기준'이 된 셈이다. 지금 판단해 보면 가치관은 어떤 대상에 대한 나의 기준, 즉 대상이 있어야만 존재할 수 있는 것이라면 당시 나의 가치관은 나 스스로에 대한 것이었고, 당연히 그 대상은 나 자신이었다. 그렇다면 당시에 내가 가졌던 가치관은 오히려 좌우명에 더 가깝다는 생각이 든다. 어쨌든, 당시 나의 가치관이 위의 정의에 비해 차이는 있지만 그중 일부분은 나 스스로 행동에 대해 옳고 그름을 놓고 고민과 반성을 한 부분이 있었기 때문에 아주 틀린 것이라고 할 수만은 없다고 생각된다. 그래서 여기에선 '가치관=좌우명'을 같다고 보고—같지 않지만— 나는 살아오면서 그 가치관을 얼마나 실행했을까? 하고 반문해 본다.

가치관을 얼마나 실행하면서 살아왔나?

먼저 답부터 하자면 나는 나의 가치관을 살아오면서 실행한 부분이 그렇게 많지 않다고 생각을 하게 된다. 늘 마음속에는 있었지만, 실행으로 옮기려고 하는 의지가 약했던 것 같고 대부분이 나 자신이 어떤 행위를 하고 난 이후 반성하고 후회하는 마음의 망치 역할만 한 것 같다. 예를 들자면, 왜 명예롭게 행동하지 못하고 우물쭈물했지? 왜 할 말을 못 하고 참고 그냥 지나쳤지? 내가 해야 할 일인데 왜 최선을 다하지 않고 적당히 했을까? 등의 상황에서만 가치관이라는 도깨비가 방망이를 들고 튀어나왔고, 행동하는 와중에는 나타나지 않았다. 가치관의 진정한 가치는 자신의 행동과 양심에 북극성이 되어야 하는데 아무 생각 없이 행위를 한 후에 가치관의 기준을 들이대어 반성과 후회를 하는 데 사용되어 졌다. 그렇다고 보면 나의 가치관은 나의 인생의 진로를 결심하는 데는 큰 영향을 미쳤으나 그 후의 삶에서는 별로 영향을 미치지 않았던 것 같다.

왜 그렇게 되었을까?

① 나의 가치관이 너무 이상주의에 가까워서? 아니면 ② 실행하겠다는 나의 의지가 너무 없었거나 게을러서? 그것도 아니면 ③ 나의 가치관을 갖고 살아가기에는 현실의 벽이 너무 두꺼워서?

첫 번째 것은 아닐 것이다. 명예와 성실을 삶의 우선순위에 둔다는 것이 그렇게 이상주의에 가까운 모습은 아닐 것이다. 요즘 세상에서도 어떤 일에 대해 신뢰를 주기 위해 '내 이름을 건다, 내 목숨을 건다.'는 말을 흔히 한다. 그 말은 자신의 이름에 걸린 고귀한 명예를 건다는 것이다. 이처럼 명예롭고 성실하게 살겠다는 가치관은 충분히 실행할 수 있고 동시대를 살아간 사람들 중에는 같은 가치관을 갖고 살아가는 사람들이 꽤 있을 거로 생각한다.

두 번째 나의 의지와 게으름 때문은 다소 맞는 것 같다. 돌이켜보면 우리들의 삶의 모습은 '생각하고, 결심하고, 행동하는 과정의 연속'이다. 이런 삶의 과정에서 나의 가치관을 실행하기 위해서는 '생각하고 결심하는 과정'에서 매번 명예의 기준을 먼저 내세웠어야 했고 '행동하는 과정'에서는 성실하게 최선을 다해야했다. 그런데 돌이켜 생각해 보면 '생각하고, 결심하고, 행동하는 과정'에서는 나의 가치관을 잊고 있었고 따라온 결과들이 좋지 않았던 경우에만 아차! 하고 뒤늦게 후회하는 식이었다.

세 번째는 나에 대한 변명일 수도 있지만, 가치관을 갖고 살아가기에 현실의 벽이 두꺼웠다는 것은 어느 정도 인정하지 않을 수 없을 것 같다.

해바라기 사회에서 가치관을 지킬 수 있는가?

우리는 왜 해바라기 인생이 되는가에 대해 글을 쓴 적이 있다. 잠시 그 내용의 일부를 여기에 소환해 보면 이렇다.

"우리는 사회생활을 하면서 때가 되면 승진을 하게 되고 또 크고작은 조직의 장이 되어 조직을 이끌어 가는 리더가 된다. 그런데 이상하게도 대부분의 사람들은 *리더가 되는 순간 세 가지의 오만*에 빠져든다.

첫 번째는 리더가 된 것에는 모든 것이 자신의 능력에 의한 것이라고 하는 오만이고

두 번째는 자기 생각은 모두 옳고 구성원들이 하는 얘기는 모두틀렸다는 오만이다.

세 번째는 조직을 자기 마음대로 할 수 있다는 오만이다. 물론 조직의 발전을 위해서는 일부분 리더 자신의 의지대로 끌고 가야 하

고, 그동안 자신의 경험과 직관으로 판단하고 결심을 해야 할 경우도 있다. 이것을 부인하는 것은 아니다. 그러나 대부분의 경우 이런 오만으로 인해 리더는 조직이 자기 개인의 것인 양 마음껏 해보고 싶은 유혹에 빠지기 쉽고 그 유혹 뒤에는 조직의 발전을 위하기보다는 개인의 야망을 채우기 위한 사심이 더 많이 들어가기가 쉽다는 것이다.

 그러다 보니 조직원들을 조직 발전을 위해 함께 가야 할 대상으로 보지 않고 자신의 사심을 채우기 위한 수단으로 생각하는 경향이 많아진다. 그래서 자기 생각과 의도에 맞춰 일해야 하고 자신에게 충성을 다 해야 한다는 굳은 생각을 하게 된다. 그렇지 않은 조직원들은 자신의 사심을 채워줄 능력이 없을 뿐만 아니라 자신을 불편하게 만드는 존재로 오해하고 멀리하게 된다. 어느 조직원인들 장(長)이 자신을 멀리하는 느낌을 알아차리지 못하겠는가. 살아남기 위해 어쩔 수 없이 장(長)의 옆에 붙어서 잘 보여야 하고, 장(長)의 입맛에 맞는 말을 하다 보면 본인도 모르게 서서히 시들어가는 해바라기형의 인간이 되지 않을 수 없지 않은가! 결국은 조직의 장(長)이 사심을 갖고 하는 자기중심적 의사결정과 인사 관리로 인해 조직원들을 시들어가는 해바라기로 만들고 있는 것이다."[26]

---

26 이옥규 저, 『이순에 삶을 말하다』, 맑은샘, 2018, 65p.

어떻게 보면 자신의 가치관을 실행하면서 살아가는데 가장 큰 현실의 벽은 위에서 말한 조직의 장(長)일 수 있고, 우리가 몸담은 이 사회일 수 있고, 내가 처한 경제적, 가족적, 성격적 등의 상황일 수도 있다. 어쨌든 살아오면서 나의 가치관을 지켜내지 못한 것은 세 번째 것 즉 우리 모두를 해바라기로 만드는 '현실의 벽'이 가장 큰 영향을 미친 것이 아닌가 생각한다. 특히 자신이 경제적, 사회적 약자일 경우라면 더욱 그렇다.

검증되지 않은 가치관은 위험하다?

소크라테스는 그의 『소크라테스의 변명』에서 "검증되지 않는 삶은 살만한 보람이 없다"[27]고 했다. 『소크라테스의 변명』을 읽다 보면 그의 삶 자체가 자신의 가치관을 끊임없이 검증하면서 산 모습을 알 수 있다. 그는 자신의 가치관을 검증함은 물론 당시의 현인들이 갖고 있었던 가치관에 대해서도 검증해 보았다. 이렇게 하지 않은 가치관은 그것이 개인에 국한된 것이든 사회에 영향을 미치는 것이든 올바른 가치관이라 할 수 없다는 신념을 가졌었던 것 같다. 가치관에 대한 소크라테스의 신념과 위키 백과사전에서 정의한 것을 종합해보면 검증되지 않은 가치관은 위험하다고 할 수 있다. 왜냐하면, 검증되지 않은 가치관은 의미대로

---

27   플라톤 저, 『소크라테스의 변명』, 황문수 역, 문예출판사, 1999.

옳고 그름을 냉철히 판단하는 것이 아니라 자기 논리대로 판단하는 것이고 그것은 사회와의 결합관계를 잃은, 그래서 가치관의 기준이 불안정한 요소가 있기 때문이다.

현대 사회의 구조는 많은 관계가 연결되어 있고 그것들이 마치 살아있는 생물처럼 끊임없이 변화되고 있다. 우리들의 가치관도 살아 움직이는 사회에서 지속적으로 합리적인 판단의 기준을 가지려면 끊임없이 합리성을 검증해 보아야 한다. 가치관을 시류에 따라 바꾸라는 것이 아니다. 현실과 타협한 가치관은 진정한 자신의 가치관이라고 할 수 없다. 단지, 가치관은 그대로 갖되 판단의 기준은 검토되어야 한다는 것이다. 젊었을 때 가졌던 가치관으로 몇십 년이 흐른 지금의 사회에서 일어나는 것들에 관해 옳고 그름을 판단하는 것은 위험할 수 있다는 것이다. 우리는 한 개인의 가치관이 국가 정책이나 사회적 이슈에 반영되어 나타났을 때 발생하는 많은 현실적인 문제들을 지금 겪고 있지 않은가!

가치관을 갖지 마라

나는 가치관은 갖지 말라고 권하고 싶다. 현대사회에서 자신의 가치관을 갖는다는 것은 두 가지 상황에 자신을 내몰리게 한다.

첫째는 자신을 힘들게 한다. 현대사회에서의 생활은 사람과의 관계 속에서 이루어지고 대부분이 어떤 조직에 속해 살아가고 있다. 자신이 어떤 조직에 속해 있지 않더라도 자신이 상대하는 사람들은 조직에 속해 있을 가능성이 대부분이다. 이렇게 사람과의 관계 속에서 이루어지는 자신의 삶에서 자신의 가치관을 기준으로 상대방을 일방적으로 평가하고 관계를 유지한다면 그 관계는 절대로 오래갈 수 없다. 왜냐하면, 조직 속에서 조직의 목표를 위해 행동하는 사람들의 행태들이 자신의 가치관의 기준으로 봤을 때 올바르지 못하다고 평가될 수 있는 부분이 많기 때문이다. 여기에서 자신의 내부에서 생기는 번민이 분명히 있을 수 있고 자신의 가치관대로 말하고 행동하지 못하는 자괴감이 생기게 되고 결국은 이런 모든 것들이 자신을 힘들게 하는 요인이 될 수 있고 가치관이 자존감을 높여주기보다는 자신에게 실망감을 줄 수도 있다.

둘째는 타인에게 불편을 줄 수 있다. 왜냐하면, 사회관계망이 복잡할수록 우리는 사회 전체를 보지 못하고 한 단편만을 볼 수밖에 없고 이러한 시각에서 자신이 세운 가치관은 타인에게는 합리적이지 못하는 경우가 발생할 수 있기 때문이다. 합리적이지 못한 가치관을 갖고 타인을 대할 때 그 사람에 대한 선입견이 좋은 상태로 대할 수 없고, 상대방 역시 그런 감정을 느낄 수밖에 없다. 어떤 개인의 가치관이 합리적이지 못할 수도 있고, 그것이 사회 전체와 사회의 구성원들에게 불편한 영향을 미칠 수 있다는 것은 역사적으로도 있었고 지금 우리가 몸담은 현 사회에서도 일어나고 있다. 그것은 그 개인의 사회적 위치가 높을수록 사회 전반에 미치는 영향이 커진다.

그래도 꼭 가져야 한다면 가치관보다는 오히려 삶의 좌우명 정도면 되지 않겠나 싶다. 가치관과 좌우명의 차이는 사전적으로 잘 분별 되어 있지만, 무엇보다도 큰 차이는 가치관은 외부 지향적으로 내리는 판단이고 그래서 자칫 주위의 사람들에게 영향을 미칠 수 있고 좌우명은 자신의 삶에 대한 내부 지향적인 것으로 타인과는 무관하다는 것이다.

기업의 신입사원 면접시험을 본 사람들의 경험담을 쓴 기사들을 보면 간혹 가치관이 무엇이냐고 묻는다고 한다. 나는 가치관을 묻지 말고 좌우명을 물으라고 권하고 싶다. 왜냐하면, 자신의 삶의 목표를 설정해 나가는 중요한 시기에 있는 청년들에게 숙고 없이 입사 시험에 대비한 가치관을 급조하여 갖게 하고 이것이 혹여나 그대로 자신의 가치관으로 굳을 경우는 오히려 자신을 잘못될 방향으로 이끌 가능성이 있기 때문이다.

소크라테스의 검증되지 않은 삶은 살만한 가치가 없다는 말은 지금도 유효하다. 아니 오히려 더 현시대에 적합하고 우리가 다시 한 번 되새겨야 하는 말이다. 더불어 '검토하지 않은 가치관도 위험하다.' 그래도 가치관을 가져야겠다면 살아가면서 끊임없이 자신의 가치관을 검토하라고 권하고 싶다.

3부 · 내 인생에 가을이 오면

지나온 나의 삶 속에서 일치되지 않았던 언행으로 인한 결과들은 후회와 아쉬움으로 남겨두자.

그리고 다소 늦었더라도 지금부터는 일치된 언행으로 인한 결과들만을 생각하고, 그것을 토대로 내 인생의 가을에서 거둘 수 있는 것들을 하자.

그것만이라도 '참 어른'의 모습이면 좋겠다…

이 글을 읽는 분들에게 인생의 가을에는 작은 것에도 크게 감사하는 마음을 가져 보라고 권하고 싶다.

그 작은 것이 작으면 작을수록 또 그 작은 것에 감사하는 마음이 클수록 자신에게 돌아오는 '소확행'은 많아지고 커질 것이다.

'인생의 가을쯤에 가져야 할 것 중에 가장 중요한 것 중 하나는 작은 것에 크게 감사해라'가 아닐까 싶다.

인생에 가을이 오면

세티 왕은 말했었다. "어떤 존재에서건 그가 지닌 빛과 그 자질을 높이 사주어라. 어떤 사람에서건 그만이 가진 것이 무엇인가 찾으려 애써라. 하지만 결정을 내리는 것은 언제나 너 혼자여야 한다."[28]

소설 『람세스』는 오래전에 한 번 읽은 적이 있다. 그리고 세월이 많이 흐르고 요즘 내 인생에 가을이 오면 나는 어떤 모습이어야 하나? 에 대해 사유(思惟)에 빠지곤 하는 와중에 책장에 먼지가 소복이 쌓인 채로 꽂혀 있던 책을 우연히 다시 한 번 읽게 되었다. 그런데 유독 위의 글귀가 마음에 와닿았다. 몇 번이나 이 문장을 읽었다. 왜 이 글귀가 마음에 와닿았을까? 요즘 내 인생에 가을이 오면 나는 어떤 모습이어야 하나?에 대한 나의 사유와는 별로 연관이 없는데도 말이다. 위의 말은 히타이트의 특공대

---

28 크리스티앙 자크 저, 『람세스 Ⅲ』, 김정란 역, 문학동네, 2007, 27p

가 이집트의 조그만 마을을 습격하여 마을을 파괴하고 주민들을 학살하는 사건이 터졌을 때 람세스 왕이 신하들과 대책회의를 하면서 신하들이 각자의 입장만을 생각하면서 전쟁이냐 외교냐를 두고 설전을 벌이는 모습을 보고 이를 중단시킨 후, 어떤 결정을 내려야 하느냐는 혼자만의 고민에 쌓였을 때 떠올린 생전 아버지 세티 왕이 람세스 자신에게 해준 말이었다.

이 글을 읽는 순간 나는 내 인생에 가을이 오면 세티 왕이 람세스 왕에게 해준 것처럼 나의 자식에게 또는 나의 주변에 있는 사람들에게 그들의 인생에 있어 천금 같은 한마디 말, 즉 람세스 왕의 경우처럼 자신의 운명과 국가의 운명이 걸린 결심을 해야 하는 순간에 떠올린 아버지 세티 왕의 말, 그런 말을 해줄 수 있는 사람의 생각이 강하게 들었고 그것이 '참 어른'의 모습이라는 생각이 들었다. 물론 '참 어른'의 모습이 비단 이것뿐만은 아닐 것이고, 생각하고 보는 각도에 따라 많은 모습이 있겠지만 말이다.

나는 위의 글이 마음에 와닿았던 이유는 아마도 지나간 나의 삶 속에서 그렇게 언행을 했었더라면 하는 아쉬움이 마음 한편에 자리하고 있었기 때문이 아닌가 하는 생각이 든다. 어떻든 지금의 현실로 돌아와 나는 내 인생의 가을이 올 때 '참 어른'의 모습으로 되어 있으면 좋겠다는 생각이 강하게 든다. 참고로 국어

사전에서 '참 어른'이라는 단어를 찾아볼 수는 없다. 하지만 내가 생각하는 '참 어른'의 의미를 굳이 찾는다면 참+어른의 의미와 비슷한 감정임을 밝혀둔다. 국어사전에서 '참'은 '거짓이 아닌 진짜 또는 진실하고 올바른'의 뜻을 지니고 있다.

나의 인생에 있어 가을은 언제쯤부터일까? 70? 아니면 80? 그 나이에 이르면 모두가 자동적으로 '참 어른'이 되는 걸까? 그렇게 되진 않을 것이다. 적어도 세티 왕처럼 그의 삶 속에서 수많은 시행착오를 겪으면서도 흔들림 없는 의지와 일치된 언행으로 살아온 삶의 의지가 없으면 인생의 가을에서 절대 참 어른이 될 수 없을 것이다. 그럼 나는 내 인생의 가을을 맞아 '참 어른'의 모습이 될 수는 없는 걸까? 지금까지 살아온 나의 모습 속에 언행이 불일치된 부분이 얼마나 많을까? 지금까지 나의 삶에 켜켜이 쌓여 있는 것들이 언행이 일치된 것들의 결과물일까, 아니면 일치되지 않은 것들의 결과물일까? 아마 혼재되어 있을 거라고 스스로 판단을 내려 본다. 혼재되어 있다면 '참 어른'의 자격이 없는 걸까?

지나온 나의 삶 속에서 일치되지 않았던 언행으로 인한 결과들은 후회와 아쉬움으로 남겨두자. 그리고 다소 늦었더라도 지금부터는 일치된 언행으로 인한 결과들만을 생각하고, 그것을

토대로 내 인생의 가을에서 거둘 수 있는 것들을 하자. 그것만
이라도 '참 어른'의 모습이면 좋겠다.

당연한 것들의 소중함

30대 후반쯤으로 기억된다. 어느 날 선배 한 분과 다담(茶啖)을 나누는 시간이 있었다. 당시 다담(茶啖)의 분위기는 생각을 나눈다는 것보다 일방적으로 선배들의 생각을 듣는 시간이라는 표현이 맞겠다. 그런데 많은 선배와의 다담(茶啖)이 있었고 그때마다 많은 생각들이 들었지만 유독 잊히지 않고 세월이 흐를수록 더욱 새롭게 마음에 와닿는 그 선배께서 하신 말이 있다. 그 말은 "사람은 살아가면서 소중한 세 가지를 잊어버리고 산다."였고 그 세 가지는 부모를 잊고, 가족을 잊고, 친구를 잊어버린다는 것이었다. 나는 그 말을 십수 년이 흐른 후에야 조금이나마 그 말의 깊은 의미를 어렴풋이 깨닫고 나의 일기에 이렇게 써 놓았다.

"나는 나의 삶에서 소중한 세 가지를 잊고 살아왔다." 2008년 7월 일기에서

그리고 또 10여 년이 흐른 2018년 어느 날 지나간 일기장을 들추다가 이 글에 시선이 멈췄고 잠시 과거로의 생각의 여행이 있

었다. 그리고 그 생각의 여행 중에 나 자신과 짧은 대화를 했다.

"나의 마음이 나에게 물어왔다. 지금 소중한 것들을 갖고 있니?
언뜻 생각이 나지 않았다. 그래서 내 마음에게 반문해 보았다. 지금까지 나의 모든 것을 쏟아 부어 이루려고 했던 인생의 목표, 꿈이 나에게 전부였고 그래서 그것이 나에게 가장 소중한 것이 아니었나?

마음이 다시 물어왔다. 그래, 그렇다고 하자 그런데 지금 그 소중한 것들을 갖고 있니? 한동안 멍해졌다가 정신을 가다듬고 그 소중한 것들이 지금 내 손안에, 내 마음속에 있는지를 찾아보았다. 그런데 있는 것 같았는데 막상 찾아보니 없었다. 이룬 것이 적어서인지 아니면 많았어도 짧은 시간 동안만 존재하다가 사라져 버린 것인지는 모르겠으나 지금 내 손안에, 내 마음속에는 없었다. 나는 마음에게 "늘 갖고 있었던 것 같은데 막상 생각해 보니 가진 것이 없다."라고 말했다.
마음이 다시 물었다. "그러면 그것은 소중한 것이 아니지 않으냐고." 정말 나의 삶에서 소중한 것이었다면 당연히 손에 쥐고 있거나 마음속에 있어야 하는데 없다는 것이 이상하지 않으냐고."

나는 나의 삶에서 소중한 것을 가질 수 있었던 기회를 두 번이나 놓쳤다. 첫 번째는 그때 그 선배께서 말씀하셨던 때였고 두 번째는 내가 다시 일기장에 썼을 때였다. 그리고 그 후 지금까지 다시 되돌릴 수 없는 것은 어쩔 수 없다 하더라도 그 소중한 것들이 항상 나의 주변에 머물 수 있도록 열심히 노력하고 있다. 하지만 내 마음이 말한 것처럼 아직도 나는 그 소중함을 '늘 가진 것 같은데 막상 찬찬히 생각해 보면 가진 것이 없는 느낌'이다.

왜 이런 느낌이 드는 걸까? 아마 두 가지의 경우가 아닐까 하는 생각이 든다. 첫 번째는 그동안 이 소중함을 잘 간직하기 위해 노력하고 있지만 노력하는 만큼 실제 내가 얻지 못하고 있는 것일 테고 두 번째는 그나마 내가 얻은 소중한 것들에 쏟아붓는 마음과 지속성이 부족하기 때문일 것이다. 그런데 잠시 생각해 보면 소중한 것들을 갖고 있다는 느낌이 없는 진짜 이유는 두 번째의 이유인 것 같다는 생각이 많이 든다.

소중한 것들을 잊고 살아온 결과는 나에게 마음 아픈 삶의 결과를 가져올 수밖에 없다. 나는 부모님이 늘 나의 곁에 계실 것으로 착각하고 살아왔다. 열심히 살아가는 것이 부모님께 효도하는 거로 생각했다. 그런데 바쁜 것을 내려놓고 어머니를 찾는 순간 옛날의 어머니는 내 옆에 계시지 않았다. 늙고 기력이 쇠한 어머니만 계셨다. 가고 싶어 했던 곳도 갈 수가 없고, 먹고 싶어 했던 것도 제대로 먹을 수 없는 상태가 되어 계셨다. 그런 어머니마저도 몇 년 전에 영원히 뵐 수 없는 먼 하늘나라로 가셨다. 나의 인생에서 가장 큰 것을 잃어버린 느낌이었다. 짬짬이 마음 속에 두고, 하고 싶어 했던 것을 해 드렸더라면 지금 나의 마음 속에 이렇게 큰 상실감이 묻어나진 않을 것이다.

가족도 마찬가지다. 가장(家長)으로서 최선을 다해 살아가면 아이들은 항상 나의 곁에 있을 줄 알았다. 그런데 어느 날 문득 그들을 불렀을 때 아이들은 나의 세계 속을 벗어나 그들의 세계 속에 있었다. 대화에도 벽이 생겼고 생각에도 벽이 있었다. 아이들이 그들의 세계를 만들어 가는 동안 틈틈이 같이 있어 주었다면 그들의 세계를 이해할 수 있었을 것이고 지금보다는 훨씬 그들과 가까워져 있을 것이다.

친구 역시 마찬가지다. 옛말에 "세 명의 친구를 가지면 성공한 인생"이라는 말이 있다. 곰곰이 생각해 보면 나에게는 한 명의 친구도 없는 것 같아 나 자신이 부끄럽다. 아니 혹시 있을 수는 있다. 하지만 지금 내가 없다고 하는 것은 그들이 나를 친구라고 마음속에 담아두고 있을까? 하는 것이고, 그것은 우리 사회의 구조가 나를 그렇게 만들었는지 아니면 나 자신이 애써 앞만 보고 가다가 기회를 놓쳤는지는 모르겠지만, 그동안 내가 그들에게 친구로서 진정으로 마음을 줄 기회도 없었고, 또 실제 준 것이 없다는 것에서 자신이 없다는 것이다. 그래서 지금 한 명의 친구라도 있느냐고 누가 묻는다면 자신 있게 있다고 말할 용기가 나지 않는다. 친구를 잊고 살아온 삶의 대가인 것이다.

지금 생각해 보면 인생의 가을에서 나의 단풍을 아름답게 물들게 해줄 수 있는 가장 소중한 것들인데…
당연한 것들의 소중함이 절절히 마음에 와닿는 인생의 가을인 요즘이다.

03

인생의 단풍, 아름답게 물들이기

내 인생의 단풍을 아름답게 물들인다는 것이 쉽지 않을 거라는 생각이 갑자기 든다. 왜냐하면, 여전히 내 삶의 중심에는 이런저런 버릴 수 없는 삶의 욕심(過慾이 아니라 寡慾)들이 있고, 이런 과욕(寡慾)마저도 이제는 내려놓자고 마음으로 다짐한 것이 벌써 수년째 반복하고 있지만 마음먹은 대로 잘되지 않고 있다.

그뿐만 아니다. 지금도 나의 삶 주변에는 많은 상황이 일어난다. 오래지 않은 어느 날 환갑 생일을 막 지낸 막냇동생을 먼 세상으로 떠나보내고 참기 힘든 마음을 안고 돌아왔던 기억이 바로 엊그제 같다. 힘들고 어려운 어린 시절을 같이 배도 곯아가면서 잘 넘겨왔고, 빈털터리로 결혼하여 그나마 이제는 안정적이고 행복한 가정을 만들었는데 편안해지려고 하니까 간다는 옛말 그대로의 상황이 되어버려 안타까움이 이루 말할 수가 없다.

두 아들이 있다. 첫아들은 얼마 전에 36세의 나이로 결혼했다. 요즘 시대는 그 정도의 나이에 결혼하는 것이 빠른 건지 늦은 건지 가늠하기도 어렵다. 가진 것이 없어 해줄 것도 없는데 뭔가 조금이라도 더해 줘야지 하는 욕심이 앞선다. 아들은 아무것도 필요 없다고 하는데 마음이 그렇지 않다. 이게 부모의 마음인가 싶다.

아내도 이전과 다르게 이런저런 잔병이 생겨 병원에 다니는 일이 잦다. 40여 년을 같이 건강하게 살아왔는데 이제는 몸 어딘가 고장이 하나둘 생기는 때가 오는 것 같아 왠지 슬프고 마음이 애잔해진다. 뭐 기계도 그 정도 사용하면 고장이 생기는데 하고 스스로 억지 춘향으로 마음의 위로를 가져 본다.

나 자신도 마찬가지다. 며칠 전부터 차가운 것을 마실 때마다 이빨이 시리다. 나름대로 진단을 해보니 잇몸이 나빠서 그런 것 같고 이빨이 닳아서 그런 것 같기도 하다. 벌써 이렇게 되었나 싶어 괜히 서글퍼진다. 하기야 기계도 60여 년을 사용하면 아무리 기름을 치고 정비를 잘해도 고장이 날 수 있다는 생각이 들어 허허~하고 헛웃음이 나도 모르게 나온다. 급기야 동네 치과 병원에 갔다. 진단 결과는 젊었을 때 해 넣은 메탈 이빨이 안에서 충치로 인해 썩은 상태라 빼야 할 지경에 이르렀다는 것이다. 곧바로 임플란트를 하기로 결심하고 보니 비용이 머릿속에서 왔다 갔다 했다. 그 순간 번뜩 눈에 들어오는 병원 안내 문구가 눈에 들어왔다. 만 65세 이상 어르신은 정부가 임플란트 평생 2개를 지원한다는 것이었다. 어르신이라는 말이 언뜻 마음에 와닿지는 않았지만 그게 대수냐 싶어 얼른 병원 측과 상의해서 정부 지원 임플란트를 해 넣기로 하니 다소 마음이 편안해졌다.

이런저런 것들이 겹쳐서인지 내 인생의 단풍을 아름답게 물들인다는 것이 쉽지 않을 거라는 생각이 요 며칠 사이 부쩍 많이 든다. 사전에 많은 생각과 준비 없이는 되지 않을 듯싶어 두렵기도 하다. 이런저런 생각의 끝에 아무래도 내 인생의 단풍을 아름답게 물들인다는 것의 **첫 번째 조건은 건강이라는 생각이 든다.** 앞에서 언급한 것처럼 한때 우리 주변에서 건강에 대한 관심이 증가하면서 인기 있었던 '9988234'라는 말이 생각났다. 말이야 쉽지 99세까지 팔팔하게 산다는 것이 얼마나 어려운 것인가! 7788이 되든 8888이 되든 9988이 되든 앞의 77, 88, 99는 각자 타고난 운명일 것이고 뒤의 88하게 산다는 것은 어느 정도는 자신의 노력 여하에 달려 있다고 본다.

두 번째 조건은 이런저런 근심과 걱정을 털어버리는 것이다. 옛말에 가지 많은 나무 바람 잘 날 없다는 말이 있다. 이 말의 뜻은 '가지가 많은 나무는 작은 바람에도 잎이 흔들려서 잠시도 조용한 날이 없다는 것으로, 자식을 많이 둔 부모에게는 근심, 걱정이 끊일 날이 없다는 것이다. 그런데 이런 삶의 가지들은 안타깝게도 대부분 사람에게 꼭 자식들이 아니더라도 살아오면서 이런저런 일들로 인해 자연스럽게 많이 생길 수밖에 없다. 자식으로서 부모라는 가지, 부모로서 자식의 가지, 먹고 살아가는 가지 등등 수없이 많이 생긴다. 귀찮다고 어느 한순간에 뭉텅 잘라서 버릴 수도 없는 가지들이다. 그 가지들 스스로 생명을 다해서 떨어져 나가지 않는 한 자신의 삶과 함께 달고 있어야 하는 가지들이다. 그러니 위의 속담대로 삶의 세파(世波) 속에서 흔들리고 있는 자신의 가지들을 보면서 어떻게 근심, 걱정이 생기지 않을수 있겠나? 하루에도 수십 번씩 근심, 걱정이 생기는 것이 너무나 당연한 일이 아니겠는가! 어디 이것뿐이겠나. 걱정은 특성상 꼬리에 꼬리를 물고 또 다른 걱정거리를 불러온다. 이럴 때는 머리가 터질 정도다. 급기야 심하면 우울증 등 정신적 위약 상태에 빠지는 상태에 이르기도 한다. 이런 근심과 걱정들을 갖고 있는한 인생의 단풍을 아름답게 물들여가기는 결코, 쉽지 않다.

그런데 우리는 이런 근심과 걱정들을 생기는 대로 꼭 해야만 하는 것일까? 근심과 걱정이 우리들의 인생 단풍 만들기를 방해하고 있는데도 말이다. 정말 우리 인간들이 나약하고 또 타고 난 숙명이기 때문에 근심과 걱정이 끈질기게 자신을 따라다닌다면 줄일 수 있는 노력이라도 해야 하지 않겠는가!

"우리가 하는 걱정거리의 40%는 절대 일어나지 않을 사건들이고, 30%는 이미 일어난 사건들, 22%는 사소한 사건들, 4%는 우리가 바꿀 수 없는 사건들이다. 즉 96%의 걱정거리가 쓸데없는 것이고, 나머지 4%만이 우리가 대처할 수 있는 진짜 사건이다."[29] 라는 글이 있다. 이 글 속에 담겨있는 수치들을 그대로 믿을 수는 없겠지만, 동서고금을 막론하고 우리가 살아가는 모습 속에서, 흔히 교훈이나 비유 등을 담고 있는 사자성어나 속담에도 쓸데없는 걱정에 대한 것들이 있고 의학적 용어에도 '램프 증후군'[30]이라는 것과 또 무엇보다도 60여 년을 살아온 나 자신의 삶 속에서 내가 붙들고 씨름했었던 근심과 걱정들을 되돌아보면 젤린스키가 한 말에 많은 부분 공감하게 된다. 그렇다면 우리는 얼마나 다행스러운 일인가! 왜냐하면, 우리가 겪는 근심과 걱정 중에 96%는 우리의 의지와 노력에 따라 얼마든지 줄일 수 있기 때문이다.

내 인생의 단풍을 아름답게 물들일 수 있는 것은 건강과 근심, 걱정에 관한 생각의 수준에 달려 있다고 본다. 어떻게 보면 당연한 말인데도 미처 생각지도 못하고 미련스럽게 지금까지 살아왔다. 그것도 '9988'을 외치면서 말이다. 이제부터라도 건강을 위한 끊임없는 노력과 근심, 걱정을 적게 하는 생각을 하자.

29　어니 J. 젤린스키, 『느리게 사는 즐거움』, 1999.
30　'알라딘과 요술램프' 이야기에서 유래된 것으로 실제로 일어날 가능성이 없는 일에 대해 마치 요술 램프의 요정 지니를 불러내듯 수시로 떠올리면서 걱정하는 현상.

04

공감하고 또 공감해라

위키백과에 의하면 사유(思惟)는 "대상을 구별하고 생각하고 살피고 추리하고 헤아리고 판단하는 것 또는 마음속으로 깊이 생각하는 것"으로 되어 있다. 뭔가 복잡하다. 철학의 세계에서만 사용되는 고급 언어이고 평범한 사람들이 쉽게 근접할 수 없는 거리가 느껴지는 말이다. 하지만 나는 사유의 의미를 큰 고민 없이 '나 혼자서 마음속으로 생각하고 때로는 나 자신과 대화하는 것'으로 단순화했다. 그래서 인지는 몰라도 사유라는 용어를 사용하기가 훨씬 편해진다. 이런 생각에 걸맞게 요즘의 나의 사유의 대상은 주로 나 자신과 내려놓음에 대한 것과 공감에 대한 것들이다. 여기에서 요즘이라고 한 이유는 사유의 의미는 시간이 흘러도 변하지 않지만, 사유의 대상은 시간의 흐름은 물론 삶의 환경이 바뀌어도 변할 수 있기 때문이다.

'나 자신과 내려놓음에 대한 것…'

요즘 지인들과의 모임에 나가면 "야 얼굴 좋네!, 젊어진 것 같다."라는 말을 자주 듣는다. 그리곤 뒷말이 붙는다. "뭐 좋은 일

있나…?" 이 말의 반은 그냥 서로 만나면 상투적으로 건네는 인사말이고, 반은 실제 그 말을 들을 만큼 신체적 건강이 괜찮다는 뜻이 포함되어 있다는 생각이 든다. 그 말을 들을 때는 의례적으로 에이! 그럴 리가 있나, 세월을 먹은 횟수가 얼만데 하고 받아넘기면서, 뭐 좋은 일 있나?에 대한 답으로 '이제 다 내려놓고 사는데 뭐 좋은 일이 있겠나!' 하고 한바탕 너스레를 떤다. 그 와중에 짧은 생각이 나의 뇌리를 스친다. 정말 내려놓는다는 것이 젊어지게 보일 정도로 신체적 건강에 좋은 것인가? 그리고 내가 그동안 켜켜이 쌓아 놓은 것들에 대한 욕심, 미련들을 정말 다 내려놓은 건가?

분명 내려놓는다는 것은 어려운 일이다. 하물며 불심(佛心)에서조차 "인간의 오욕(五慾)"을 논하고 있지 않은가. 오욕 중 인간의 본성 깊숙한 곳에서 나오는 욕심은 그렇다 하더라도 후천성 욕심에 가까운 재물욕과 명예욕도 전부 다 내려놓을 수 있을까? 나는 불가능하다고 단언하고 싶다. **결국, 내려놓는다는 것은 그런 과정 또는 생각한다는 것뿐일지도 모른다.** 죽을 때까지 진행형인 일이다. 그러나 내려놓자는 생각에 잠겨있는 동안은 뭔지도 모르는 평안함이 마음속에 몰려든다. 나의 사유 속에 '나 자신과 내려놓음'에 대한 것이 있는 동안에는 행복의 감정에 빠져든다. 아쉬운 것은 사유하는 시간이 짧다는 것이다. 이제는 사유하는 시간을 늘려보자는 다짐을 해본다. 사유하는 시간이 많을수록 평안함과 행복감이 많아지지 않겠는가!

'공감에 대한 것…'

나는 이 글 앞부분 '서로 다름에서 같음을 만드는 지혜를 가져라.'와 '소확행을 찾는 노력을 멈추지 마라'에서 공감에 대한 것을 언급했다. 특히 큰아들의 결혼 덕담을 생각하면서 '공감'이라는 단어에 대해 특별한 감정을 느꼈다.

공감(共感)…, 그런데 이렇게 말에서 전율을 느낀 적이 살아오면서 있었던가! 없었다. 결코, 한 번이라도 있었던 적이 없었다. 공감이라는 말을 사용한 적이 없어서 그런 것이 아니었다. 돌이켜보면 너무나 쉽게 공감이라는 말을 하기도 했고 듣기도 했다. 지나가는 말로 공감이라는 말을 했고 들을 때는 한쪽 귀로 듣고 한쪽 귀로 흘렸다. 그러니 공감이라는 말을 할 때나 들을 때 나의 머릿속에 또는 마음속에 머무르는 시간이 불과 몇 초에 지나지 않았다.

돌이켜보면 나는 그동안 아이들이 잘되기를 바라는 것, 아내와 함께 건강하게 잘 살아야겠다는 것 등등. '가족에 대한 것'을 사유하면서도 늘 뭔가 허전한 부분이 있음을 느끼고 있었다. 그런데 큰아들의 덕담을 준비하는 시간 동안에 허전했던 부분이 무엇인지를 깨닫게 된 것이다. 그것이 아내와 아이들과의 공감이었다. 지금까지의 가족에 대한 나의 걱정, 바람 등은 나 혼자만의 생각이었다. 공감되지 않은 걱정, 바람 등은 단지 나의 욕심, 그 이상 그 이하도 아니었다. 어느 날 문득 아이들에게 다가갔을 때 아이들은 이미 나의 세계에서 벗어나 그들의 세계 속에 있었던 것도, 아이들을 위한 내 생각은 부모로서 아이들을 걱정하고 위한 것이 아니고 꼰대의 생각으로 밀려나 있었던 것도 결국 나의 공감이 부족했던 결과였다. 그래서 큰 아이 부부에게 덕담으로 건넨 '공감'에 대한 것은 그렇게 사유 속에서 깨달은 나의 삶의 소중한 경험을 이야기한 것이었다. '그동안 미안하고 고맙고, 사랑해'라는 마음의 울림은 이렇게 깨달은 공감 속에서 나온 것이었다.

공감은 서로 다름을 같음으로 만들 수 있고 자신의 삶을 무기력하고 무의미하게 살아가는 사람들에게 잔잔한 '소확행'을 줄 힘을 가지고 있다. 어쩌면 신은 인간들에게 행복을 직접적으로 주지 않고 공감을 통해서 행복을 느낄 수 있는 능력을 준 것이리라는 생각이 강하게 든다.

공감하고 또 공감해라!!! 아무리 강조해도 지나치지 않는 말이다. 소확행을 얻고 싶은 자는 공감할 수 있도록 노력하라! 라고 권하고 싶다. 공감의 대상이 많으면 많을수록 자신의 삶 속에 소확행이 많아질 것이다.

05

작은 것에 크게 감사해라

이 글을 마무리하면서 한 가지 크게 깨달은 것이 있다. 나의 삶에서 감사해야 하는 것들이 너무나 많다는 것이다. 매일 아침 눈을 뜨고 건강하게 하루를 시작한다는 것이 너무나 감사하고, 공감하는 지인들을 만나 서로의 건강을 이야기하고 걱정하는 시간에 감사하다. 아내와 같이 뒷산을 오르는 것에도 더없이 감사하고, 가족들이 모두 건강한 모습으로 살아가는 것도 감사하다. 이것뿐만이 아니다. 단 하루만의 고마운 상황을 나열해도 2~3장을 거뜬히 채울 수 있을 것 같다.

그런데 여태껏 이런 감사한 것들을 왜 몰랐을까? 아마도 나의 마음속에 욕심이 감사하는 마음보다 많아서-욕심>감사하는 마음- 그랬을 것 같다는 생각이 든다. 마음속에서 욕심과 감사하는 마음은 반비례한다. 욕심이 많으면 많을수록 감사하는 마음은 적어지고, 욕심이 적으면 적을수록 감사하는 마음은 많아진다. 욕심과 감사하는 마음이 같이 절대 올라가지 않는다. 욕심이 많은 사람은 평생 감사할 줄 모르는 사람이 되는 것이다.

요즘 나는 로또를 거의 매주 2장(만원)을 사는 편이다. 아니 2장을 사려고 노력한다는 말이 맞겠다. 로또를 사기 시작한 지 이제 3년 정도 되었다. 처음 1년 정도는 1등 당첨의 욕심이 있었고 당첨금으로 하고 싶은 일들을 야무지게 생각하기도 했다. 그래서인지 매주 토요일 저녁 당첨 결과 '꽝'이 되면 실망감이 생겼고 그럴수록 로또에 대한 사행심에 빠져드는 나 자신을 알았다. 그래서 딱 2장만을 산다. 4등(5만 원)에 당첨되면-여태 최고 당첨-2장을 사고 나머지 4만 원은 돌려받는다. 이렇게 나름의 원칙을 세운 이유는 사행심과 욕심을 버리기 위해서다. 이제 그만 살까 하는 마음도 있지만, 지금은 사야 하는 이유가 생겼다. 내가 로또를 주로 사는 로또 판매점 주인은 부부가 장애인이다. 3평 남짓 되어 보이는 공간에 로또와 담배 그리고 간단한 가정용 전기 용품을 판다. 부부는 여기 수입으로 생활하는 것 같다. 로또 판매점은 정부를 대신해 로또를 판매하고 5.5%의 수수료를 받는다고 한다. 1만 원어치 로또를 팔면 550원의 수수료를 받는 셈이다. 내가 장애인 부부 판매점에서 로또를 사는 이유가 여기에 있다. 로또의 당첨 욕심보다는 열심히 살아가는 그 부부에게 적은 부분이지만 도움을 드리고 싶은 마음에서다.

요즘은 그 부부를 보면서 로또를 사는 순간 마음이 그렇게 편안할 수가 없다. 그 판매점에서 로또를 산다는 것 자체가 너무나 감사하다. 정말이지 이런 느낌이 '소확행'이다 싶다. 당첨의 욕심을 내려놓으니까 생긴 감사함이다. 마음속에 있는 욕심을 버리면 버릴수록 일상의 작은 감사한 것들이 느껴지기 시작한다고나 할까! 이런 일을 계기로 나는 작은 것에 감사한다는 것이 얼마나 소중한 것인지 알았다. 이런 마음으로 보면 로또뿐만이 아니라 주변에 작지만 감사해야 할 것들이 의외로 많다. 그리고 이것 자체가 바로 '소소하지만 확실한 행복'을 느낄 수 있는 것들이다.

비단 나만의 감정은 아닐 것이다. 인터넷 구글에 '감사'라는 단어를 검색해 보면 무려 2,710,000여 개의 관련 글들이 올라와 있다. 중복된 글을 고려하더라도 대단한 숫자다. 그만큼 많은 사람이 '감사'라는 단어를 마음속에 품고 있다는 증거다. 하지만 쓴 글만큼 감사하는 마음을 가졌을까? 죄송한 말이지만 감사하는 마음은 쓴 글만큼이 아닌 사람들이 훨씬 많을 것이다. 왜냐하면, 인간이기 때문에 여전히 마음속에 자리하고 있는 이런저런 삶의 욕심들이 있을 것이고 이런 욕심의 크기가 감사하는 마음의 크기보다 대부분 클 것이기 때문이다.

욕심의 크기보다 작은 일에는 감사하는 마음이 일어나지 않는다. 이런 모습은 올림픽 경기를 비롯한 각종 규모의 경기에서 최종 금·은·동메달을 수여할 때 선수들의 얼굴에서 충분히 볼 수 있고, 실제 이와 관련한 연구 결과들이 많이 있다. 은메달을 딴 선수는 금메달을 딸 수 있었는데 놓친 것을 아쉬워하지만, 오히려 동메달을 딴 선수는 메달을 못 딸 수도 있었는데 땄다는 생각으로 기뻐한다는 이미 잘 알려진 사실이 이를 잘 반증해 주고 있는 것이 아니겠는가.

우리들의 삶 자체는 대부분 사소한 것들로 채워진다. 중요한 일이나 대박을 터트린 일들로만 채워져 있지 않다. 사소한 것을 빼면 우리의 삶은 공허 그 자체다. 빈 곳이 대부분이란 것이다. 이렇게 사소한 것을 빼고 난 후의 텅 빈 삶을 갖고 어떻게 자신의 삶을 설명할 수 있겠나. 어떻게 생로병사와 희로애락을 논할 수 있겠나. 우리들의 삶에 사소한 일들을 빼면 행복하거나 감사하는 일들이 거의 일어나지도 않고, 아예 우리말 사전에 행복, 감사 등의 말 자체가 탄생하지 않았을 것이다. 이것이 사소한 것들이 우리 삶에 중요한 이유이고 그래서 소확행을 얻으려면 사소한 것에 무심하지 말아야 한다.

이 글을 읽는 분들에게 인생의 가을에는 작은 것에도 크게 감사하는 마음을 가져보라고 권하고 싶다. 그 작은 것이 작으면 작을수록 또 그 작은 것에 감사하는 마음이 클수록 자신에게 돌아오는 '소확행'은 많아지고 커질 것이다. '인생의 가을쯤에 가져야 할 것 중에 가장 중요한 것 중 하나는 작은 것에 크게 감사해라'가 아닐까 싶다.

살아온 삶에 관한 질문,
남아있는 삶에 관한 질문

초판 1쇄 인쇄 2023년 08월 18일
초판 1쇄 발행 2023년 08월 25일
지은이 이옥규

펴낸이 김양수
책임편집 이정은
편집디자인 안은숙
교정 박동근, 장하나

펴낸곳 도서출판 맑은샘
출판등록 제2012-000035
주소 경기도 고양시 일산서구 중앙로 1456(주엽동) 서현프라자 604호
전화 031) 906-5006
팩스 031) 906-5079
홈페이지 www.booksam.kr
블로그 http://blog.naver.com/okbook1234
포스트 http://naver.me/GOjsbqes
이메일 okbook1234@naver.com

ISBN 979-11-5778-610-7 (03800)